移民の町
サンパウロの子どもたち

ドラウジオ・ヴァレーラ

伊藤秋仁 監訳　フェリッペ・モッタ 監修

松葉隆・北島衞・神谷加奈子 訳

行路社

訳者まえがき

　皆さんはブラジル人とはどういう人たちだと思いますか？　スポーツが好きな人であれば、サッカーのブラジル代表やＪリーグのブラジル人選手を思い浮かべるでしょう。またバレーボール選手やＦ１のレーサーにも有名なブラジル人がたくさんいますね。音楽の世界に詳しい人は、ボサノバとかサンバの音楽家を思い出すかもしれません。もしくは、身近に日系ブラジル人のクラスメートや住人の人がいて、その人たちのことを思い浮かべるかもしれません。

　日本国内にも外国に関わりやルーツをもつ人はずいぶん増えてきましたが、国民のバラエティでは、日本はブラジルにまったく歯が立ちません。

　1500 年にポルトガル人がブラジルに到着（「発見」と書かれることもあります）し、もともと住んでいた先住民とポルトガル人がミックスしました。その後、奴隷として多くのアフリカ人が連れてこられ、そこに加わります。19 世紀末から 20 世紀にかけては、ヨーロッパ人を中心とした移民が数多くブラジルに到着します。1908 年からは日本人もブラジルに移住するようになりました。このようにブラジルでは、さまざまなルーツをもつ人が混じりあい、混在しています。そのため肌の色や顔つきなどもさまざまで、ブラジル人の特徴をひと言で表すことは不可能です。

　ブラジル政府は、ブラジルをアメリカや南アフリカなどとは違って、人種差別のない国であると宣伝してきました。アメリカでは人種差別を規定する「ジム・クロウ法」、南アフリカでは人種隔離政策である「アパルトヘイト」が存在していた一方で、ブラジルは、奴隷制廃止後、これまで法

的な人種差別が存在しなかったからです。また異人種間の交流も盛んで混血人口も多く、サッカーでも世界に先駆けてアフリカ系の人々が活躍し、アフリカ起源の音楽やダンスであるサンバが主役のカーニバルを国民全体が楽しむなど、多様な文化と多人種の共存が際立っています。

ヨーロッパやアジアからやってきた移民やその子孫の多くが、そのようなブラジル社会の中で、貧しい中から身を起こして社会で活躍しています。移民や難民がなかなか受け入れられない国、たとえば日本に比べれば、確かにずいぶん平等で平和な社会に見えます。

本書の第1部は、ブラジルの著名な医師で作家でもある著者の少年時代の回想記を日本語に訳したものです。彼はスペイン人とポルトガル人の祖父母をもち、サンパウロ市の移民の町であるブラースで生まれ育ちました。書中ではブラースの町での生活と郊外の農場で過ごした休暇の様子が描かれています。彼の幼少時代は日本の第二次世界大戦中に相当します。日本における原爆投下を思い起こす描写もあり、当時のヨーロッパやアジアの戦乱から遠く離れたブラジルの様子がわかります。また、その生活は日本の戦後の復興期や経済成長期さながらで、子どもや大人たちの生活の活気がうかがわれるものです。

日本ではブラジル移民というと、日本人移民を思い浮かべがちですが、実際、ブラジルへの移民のほとんどはヨーロッパ人移民でした。本書の中では市中のヨーロッパ人移民が集まっているブラース地区で暮らす移民とその子どもたちの生活の様子が生き生きと描かれています。決して豊かではありませんが、押し合いへし合いしながら楽しく過ごしていました。ブラジルは多くの人々にとって可能性に満ちた国でした。ヨーロッパで戦乱や貧困に苦しんで海を渡った人たちの多くが、ブラジルで「よりよい生活」を手に入れました。その一方で、彼らはお金を貯めると、さらによい環境を求め、貧しい労働者の町であるブラースを去っていきます。ブラースは

まさに移民たちの「故郷」なのです。

　しかしながらブラジルにはよいことばかりあるわけではありません。貧富の差は今も終わることのない大きな問題です。ヨーロッパ系の移民の多くがお金を貯め、教育を基礎にして社会に進出している一方で、肌の色が黒い人の多くは世代を経ても貧困層にとどまっています。このことこそが人種差別の表れで、ブラジルには根強い人種差別が存在すると指摘する人もいます。

　本書の第2部ではブラジルを理解し、より身近に感じてもらえるようにコラムが記してあります。近年の不景気や貧富の差に由来する治安の悪化など、ブラジルには問題も山積みですが、ブラジルやブラジルの人々の魅力は世界の多くの人々を引き付けています。本書にもその一端が現れています。本書をきっかけに、地球の反対側にあるブラジルを身近に感じ、その魅力に気づいていただければ、訳者一同、とてもうれしく思います。

訳者まえがき

目次

訳者まえがき　*3*

第1部

ブラースの町で／両手を上げて

ブラースの町で　*13*

1 羊飼い　*15*

2 消防士　*20*

3 エンヒッキ・ゲーアス通りの家　*23*

4 小鳥たち　*27*

5 食料雑貨店　*29*

6 イタリア人たち　*31*

7 ドナ・アウグスタ　*35*

8 気球　*38*

9 結婚指輪　*41*

10 アウレーリアおばあちゃんの家　*44*

11 イザーク先生　*46*

12 サッカー　*50*

13 ジュアニートおじさんと黒いダイヤモンド　*53*

14 トラックに乗っかれ！　*55*

15 約束を守る男　*58*

16 自由　*60*

17 枝の主日　*63*

18 夕涼み　*65*

19 コリノス小劇場　*67*

20 文化のコントラスト　*70*

21 映画館　*72*

22 焚き火　*74*

ブラースの町で◆用語解説　*77*

両手を上げて　*103*

1 到着　*105*

2 ボンバでの水浴び　*108*

3 ビロ　*111*

4 馬　*117*

5 サウルさん　*122*

6 農場の使用人たち　*125*

7 カウボーイのモアシール　*129*

8 バクの淵　*131*

9 橋の下を流れる川　*134*

10 幸せ　*138*

両手を上げて◆用語解説　*141*

第2部

ブラジルをよりよく知るための12章　*149*

第1章 ブラジル「発見」　*151*

第2章 奴隷制　*153*

第3章 ブラジルの独立とコーヒー　*156*

第4章 外国人移民の増加とブラースの町　*158*

第5章 サンパウロ市小史①——最初の移民の到着　*161*

第6章 サンパウロ市小史②——旧共和制から今日まで　*164*

第7章 映画、ラジオ、そして移民によるサンパウロの大衆文化　*167*

第8章 ブラジルサッカーの歴史①——国技になるまで　*169*

第9章 ブラジルサッカーの歴史②——ビジネスと文化　*172*

第10章 人種民主主義の国　*175*

第11章 格差と暴力　*177*

第12章 ブラジルと日本の人のつながり　*180*

著者について　*185*

訳者あとがき　*187*

第1部

ブラースの町で
両手を上げて

ブラースの町で

1 羊飼い

　私の父方のおじいちゃんは、スペイン北部のガリシア¹⁾の山の中のとても小さな村の羊飼いでした。夜明け前には羊小屋を開け、羊たちを連れて野へ出ていきました。いつも一緒の友だちの賢い小犬を連れて。

　村に雪が降ったある夜のこと、弟たちが眠った後、おじいちゃんは暖炉の暖かな光の中、お母さんの傍らに座りました。

「母さん、ぼくはブラジルに行きたい。尊敬される人になって、働いて、お母さんに弟たちを育てるためのお金を送りたいんだ」

　ひいおばあちゃんは何としても彼に思いとどまらせようと説得しました。もう少し大きくなってから、と言い聞かせましたが、まだほんの子どもだったのに、おじいちゃんの決意は揺らぐことはありませんでした。

「父さんのように、死ぬまで羊飼いでいたくないんだ」

　夜が更けるとひいおばあちゃんは、寒い夜にはいつもそうしたように、息子の寝ているベッドへ行き、毛布の中を温めるためにお湯の入った瓶を差し入れました。

「12歳はもう一人前です。わかりましたよ。スペインにいても仕方がないわ。ブラジルに行きなさい。ブラジルは新しい、希望に満ちた場所よ。そして父さんのようにしっかり働きなさい」

　おじいちゃんは、母の目が潤んできらきらと輝くのを見ました。夫

ブラースの町で

15

が亡くなって以来、彼女が息子の前で涙を見せたのはそれが初めてのことでした。

　20世紀の初め、戦争や貧困の中での生活に疲弊した多くのヨーロッパ人がブラジルに移住しました。同じ村の近所の人であったパコさんは、妻と5人の幼い子どもたちと共にブラジルへ移ることを決めました。おじいちゃんは、パコさんに頼みこんで、渡航の間、自分を引き受けることを承諾してもらいました。12歳の子どもが一人で海を渡ることはできなかったからです。貧乏で子どもが多いパコさんは、ひいおばあちゃんに率直に言いました。
「ブラジルに着くまでは、聞かれたら、あなたの息子さんを私の連れだと言います。でもそれ以外ではお力になれませんよ」
　当時、船でヨーロッパからブラジルへ行くのには1か月を要しました。文字の読めない少年は、小さな鞄に、ズボン1本、シャツ1枚、靴下1足、それにオーバーを入れて、サントスに着きました。パコさん一家に別れを告げ、一人ぼっちで船を降り、港の周辺で移民たち向けの仕事を探しました。
　仕事を探すのに苦労はありませんでした。その少し前に、ブラジルでは奴隷制度が廃止されていて、肉体労働、特にコーヒー農園での労働の担い手が不足していたのです。彼はサンパウロの奥地のジャウーの農園に行きました。子どもの労働は禁止されておらず、多くの子どもたちが7歳で働き始めていました。
　ジャウーでは、彼はコーヒー畑の下草を刈り、馬の世話をして、できる限りの節約をしました。すぐにサンパウロの町で生活を始めるのに十分なお金が貯まりました。20世紀初めのサンパウロ市は工業が芽生え発展しつつありました。
　他の外国人がそうだったように、祖父はブラースに住みつきました。

ブラースは市の中心（セントロ）に近い工業地区で、二つの鉄道の駅
と、移民収容施設がありました。彼は商品を運ぶための荷車を買い（ま
だ輸送のためのトラックは存在しませんでした）、懸命に働きました。
朝まだ暗いうちに家を出て、家に戻るのは、馬の体を洗って餌を与え
た後の、深夜になってからでした。字を読めなかった彼は、領収書に
サインをしなければならなかったので、年上のスペイン人に大瓶に入
ったワインを渡して、その代わりに読み書きを習ったのです。

　少年のその誠実な仕事ぶりは、お客の評判となりました。たくさん
注文を受けたので、すべての仕事をこなすために、もう1台の荷車が
必要になりました。その後、1台、また1台と買い足し、ついには運
送会社を興し、ブラジルに移ってきたばかりのたくさんのスペイン人
を雇い入れました。

　祖父が、彼と同じスペイン人である祖母のアウレーリアと知り合っ
たのは、そのころのことです。結婚式で、祖父は黒いスーツにベスト
を着て、口ひげの両端を跳ね上げました 2)。祖母は、白いドレスで小
さなブーケを手にしていました。二人は3人の男の子と一人の女の子
に恵まれましたが、女の子は3歳で亡くなりました。それは抗生物質
も何もない時代ではよくあることでした。

　数年後、祖父母はブラースに2か所の土地を買い、それぞれに3軒
の家を建てました。彼らはそのうちのエンヒッキ・ヂーアス通りにあ
る1軒に住み、他の5軒は人に貸しました。

　祖父はたいへんブラジルに感謝していたので、祖母に対して、私の
父やその兄弟にスペイン語を教えることを禁じました。
「この子たちはブラジル人だ。もしスペイン語を学んだら、いつかス
ペインに戻って戦争で死んでしまうことになるかもしれない」

　父方の祖父は、身ひとつでやってきた多くの同郷の人たちにお金を
貸し、仕事を世話しました。彼は42歳で亡くなりましたが、それは

ブラースの町で

1920年代の男性の寿命の平均でした。周りの人たちから尊敬を受けながらのその死は、まさに、12歳でスペインを後にしたときに彼が思い描いた通りのものでした。

　私が子どもの頃、家族の親しいスペイン人が亡くなると、弔いのミサがサン・ベント修道院 3) でとり行われたものでした。それは市の中心部にある立派な修道院で今でも残っています。ミサはラテン語で行われ、神父は、祭服を着た二人の助手の少年に、さらに一人の補助者を従えて、背中に輝く光と鳩が刺繍された赤と藤色のマントをまとっていました。合唱隊がオルガンにあわせて歌いました。美しく、そして悲しい調子で。

　男の人たちは灰色のスーツを着て黒いネクタイを締め、喪章として、上着の襟の折り返しに黒いリボンを付けました。亡くなった人の近い親戚であったときは、そのリボンを1年間、時にはそれ以上に、身につけているのでした。故人の息子たちや夫は、7日目のミサまで、ひげを剃らずに過ごしました。その後何か月も、黒い服を着、ラジオも聞かず、歌うことも映画に行くこともしない毎日を送るのでした。悲しみは心にとどまることなく、行為になって表れました。埋葬のとき、故人の奥さんが泣き叫び、髪をかきむしり、棺にすがりついて、男たちが夫の棺を運ぶのを妨げようとする姿を見たこともありました。

　そのような弔いの席で、私は、男の人たちが私を「ヴァレーラの孫」と呼ぶとうれしくなったものでした。彼らは口々に言いました。
「お前のおじいさんは立派な人だった」
　とはいえ、黒いベールを身につけ、ロザリオを手にした彼らの奥さんたちが、私のほほをつねってベトベトしたキスをするのだけはごめんでした。私は上着の肩でこっそりとほほをぬぐいました。
　5軒の家の家賃で、アウレーリアおばあちゃんは3人の息子たちを

一人で育て上げました。苦労はありましたが、何ひとつ不自由を感じ
させることはありませんでした。私の父と、その兄のオヂーロおじさ
んは簿記を学びました。末っ子のアマドールおじさんは大学で医学を
学びました。そして 30 年後、私は、おじさんと同じその大学を卒業
したのです。

ブラースの町で

2　消防士

　私のもう一人の祖父、私の母の父は、いつも揺り椅子に座って祖母に戦争のニュースを読んで聞かせていました。小説を読むこともあり、祖母が鍋の様子をうかがいに台所へ立つと、戻ってくるまで祖父はその本を閉じて待っているのでした。二人が過ごしていた居間の天井には、やまうずらと果物でいっぱいの籠が描かれていました。

　祖父は外出するときは、白い縞模様の入った黒いスーツを着ていました。ベストのポケットには時計を忍ばせており、その時計はベルト通しまで届く金の鎖につながれていました。出かけるときはいつも靴がピカピカに磨かれていました。

　彼は背が低くずんぐりとした人でしたが見事な文字を書きました。羽ペンにインクをしめらせ、終わると吸い取り紙でふき取るのでした。トラス・オス・モンチス [1) と呼ばれるポルトガル北部の僻地で生まれ、教師だった父、母、そして一人の兄弟と一緒にブラジルにやってきました。子どもたちがポルトガルの軍隊に召喚されアフリカの植民地に派遣されることを恐れた父親が、移民を決めたのです。アフリカでは、たくさんのポルトガル人の若者が死にました。生きて帰ってきても未知の病にかかったりしていました。

　祖父の文字はそれは美しく、段落は華麗な筆遣いの飾り文字で始まっていました。その文字のおかげで、祖父は消防隊への入隊を果たしました。時の移民にとってはたいへん名誉なことでした。彼は電信技

士として働きました。それは大切な任務でした。たくさんの火事の知らせが、モールス信号によって、電線を通じ局から局へと送られたからです。

　祖父が祖母のアナと知り合ったのは、ブラースの町でした。祖母は、ポルトガルの大都市ポルトの生まれで、幼いころ大勢の家族とともにブラジルにやってきました。これほど仲睦まじい夫婦はいなかったと、今でも語り草になっています。祖母は、その世代のポルトガル人の女性が皆そうだったように、字が読めず、いつも黒い服を着ていました。文字は読めませんでしたが、マシャド・デ・アシス 2) やエサ・デ・ケイロス 3) はよく知っており、ボカジ 4) の詩をそらんじることができました。夫が読み聞かせてくれるのを、すっかり憶えてしまっていたのでした。彼女は町の生まれでしたから、自分は夫よりも上品だと思っていたようでした。

「私はポルトの生まれなの。あなたのようなトラス・オス・モンチスみたいな地の果てから来た人とは違うのよ」

　祖父が栄誉ある消防隊を三等軍曹として退官したとき、二人は、私の父方の祖父母が住んでいたエンヒッキ・ヂーアスから２街区先のジョアン・テオドーロ通りに家を建てました。彼らは上の階に住み、下の階には食料雑貨店を開き、食品、飲料、お菓子、ソーセージ、塩ダラ 5) を売りました。塩ダラは当時とても安く、誰かをののしるときはこう言ったものです。「塩ダラでも食らえ！」

　商売で稼いだお金で、母方の祖父母はブラースに何軒もの家を建てました。

　8人の子どもをもうけましたが、伝染病から生き延びたのはそのうちの4人だけでした。私の母リーヂア、母の一番の仲良しのオリンピア、一番年上の兄ジョゼー。私が小さなころ、このジョゼーおじさんが大好きでした。彼は、子どもや甥や姪たちを周りに集めては、いつ

ブラースの町で

も楽しそうに笑っていました。一番年下のドゥルヴァウおじさんは、生まれつき他の人たちとは全く違う、いつまでも子どものままの人でした。何でもないことで突然大笑いしたり、頭の中に浮かんだ言葉を私たちに何回も繰り返させたりしました。ドゥルヴァウおじさんは、一日中、家のバルコニーのテラスで腹ばいになって、騒がしいジョアン・テオドーロ通りを見下ろしていました。空想の中の友だちといつ終わるとも知れないおしゃべりをしながら、世界が移りすぎるのを眺めて過ごしたのでした。

3 エンヒッキ・ヂーアス通りの家

　父は、近所に住んでいた母と知り合うこととなりました。彼女は話が面白く、人目を引く美人だったそうです。若い二人は結婚し、4人の子どもに恵まれました。私の兄は、その当時どこでもそうだったように、助産婦さんの手を借りて家で生まれたのですが、生後二日で亡くなりました。1940年代にはまだ多くの子どもたちが生まれてすぐに亡くなったものでした。その後、マリア・エレーナ、私、そしてフェルナンドが生まれたのです。

　私が満2歳になるまで、私たちは、やはりブラースの町のヒオ・ボニート通りにある、母方の祖父母が大家さんの家で暮らしていましたが、弟が産まれてすぐに引っ越しました。母が病弱で弟の世話ができず、ヒオ・ボニート通りは手助けしてくれる祖母たちにとって、いささか遠かったからです。

　両親と姉と私は、エンヒッキ・ヂーアス通りにあった、父方のスペイン人の祖母の持つ3軒の家のうちの一つに引っ越しました。こうして、祖母は、私とマリア・エレーナの面倒をみることになりました。生まれて間もないフェルナンドは、母が回復するまで、すぐ近くのジョアン・テオドーロ通りの母方の祖父母の手許に置かれることとなりました。

　1945年、ヨーロッパは戦火で焼け野原になり、それまでのすべての戦争の合計よりも多くの死者を出した第二次世界大戦は終結を迎え

ブラースの町で

ました。その年の８月６日、私の弟が生まれたその日、プロペラ機に乗ったアメリカ人のパイロットが、爆弾¹⁾を日本の広島の町に投下して飛び去りました。その爆発によって生み出された巨大なキノコ雲が空を真っ暗にし、凄まじい熱が放出されました。それは、人類が今までに体験したことのないものでした。すべての建物は崩壊し、町中の水は一瞬にして蒸発しました。近くにいた者は跡形もなく消え去りました。爆弾による放射能のちりは、黒い雨となって降りました。その雨は、爆発を逃れ、親戚や飲み水を探して、破壊された町をさまよう人々の肌を焼いたのでした。広島では10万人の人々が亡くなりました。

　その地獄絵図からはるか遠くのエンヒッキ・ヂーアス通りでは、イタリア人、ポルトガル人、そしてスペイン人が平和に暮らしていました。私たちが来たころ、まわりは移民ばかりだったので、人々は言ったものでした。「新しくブラジル人が引っ越してきたわ」

　アウレーリアおばあちゃんの３軒の家は隣り合って建っており、次のように使われていました。１軒目にはおばあちゃんと大学医学部を卒業間近で独身だったアマドールおじさんが住んでいました。真ん中の家はアウローラさんの一家に貸していて、この女性は、午前中ずっとスペインの音楽やサンパウロ放送のラジオドラマを聴いてばかりいました。その当時はまだブラジルにはテレビはなく、ブラースではラジオも一部の人たちしか持っていない高級品でした。人々は近所にラジオ番組を聴きに行ったものでした。1910年ごろに建てられたその２軒の家はよく似ていました。どちらにも、通りに面した高い窓、鉄の門、脇には食堂の扉に続く通路がありました。

　３軒目の家、そこに私たちが住むことになったのですが、これは３世帯が住む共同住宅で、その労働者の町ではよく見られたものでした。

木でできた高い門があり、そこを開けると長い廊下があり、その廊下に沿って三つの独立した部屋が隣り合って並んでいました。いちばん手前の部屋にだけ通りに面する窓があり、ポルトガル人の夫婦とその子どもである私の親友のアルリンドが住んでいました。真ん中の部屋にはコンスタンチおじさん一家が暮らしていました。彼は正式には私の父のいとこであり、レオノールおばさんと結婚していました。イタリア人の娘であるレオノールおばさんは、私にこっそりと下品な言葉を教え、私がそれを繰り返すと死ぬほど笑い転げたのでした。そして彼らの息子であり、私の12歳年上のまたいとこであるフラーヴィオがいました。

　私たちは奥の部屋を使っていました。5段の階段を上って入ると、小さな差し掛け屋根に出ました。その左側は台所で、薪のかまどと煙突がありました。右側には居間に続くドアがあり、居間にはテーブルと食器棚が置かれていました。居間の奥は寝室で、両親のベッドがあり、サイドテーブルと小さい二つのベッドが両側に一つずつ置かれていました。正面には引き出しのある整理ダンスと夫婦の洋服ダンスがありました。それらの家具は黒い木でできており、重くて引きずって動かすのも大変でした。

　入り口から続く廊下を通っていくと、私たちの台所の奥に、3家族共用の一つきりの浴室がありました。シャワーは水しか出ず、今も忘れられないほどかび臭い場所でした。その近くには蓋のついた流しとさらに二つの台所があり、それぞれレオノールおばさんとアルリンドのお母さんが使っていました。台所の前には物干し台と、木の土台の上に1枚の大きなトタン板をのせた平干し場があり、そこで洗濯物を日に干して乾かしました。さらに奥にはニワトリ小屋がありました。

　そのころには、今のスーパーマーケットのように、すぐ鍋に入れるだけの状態に加工された鶏肉など売ってはいませんでした。主婦たち

ブラースの町で

はニワトリ小屋に入り、いけにえを選び、首をはね、お湯を入れたたらいの中で羽をむしりとったものです。それは日曜日の特別なごちそうで、「貧乏人が鶏を食べるとき、（貧乏人か鶏の）どちらか一方は病気だ」ということわざがあったほどでした。

　私が４歳だったある日のこと、夕方シャワーを浴びたあとで、すばらしい考えが浮かびました。それは、ニワトリ小屋の囲いの中におしっこをするというものです。おしっこをひっかけて、ぼんやりと地面をつついているニワトリたちの羽をびしょびしょにしてやろうと企てたのです。しかし、赤いトサカをした大きな雄鶏が前に立ちはだかり、首をかしげて私を見つめました。そしておしっこが出始めるやいなや、その雄鶏は、電光石火、私のおちんちんに一突きを命中させたのです。血が出ましたが、私は誰も呼びませんでした。自分の愚かさが恥ずかしくて、一人でこっそりと泣いたのです。

4　小鳥たち

　私たちの家には謎に満ちた地下室がありました。恐ろしい病気を伝染させるネズミがいるので、母はそこで遊ぶことを許してくれませんでしたが、アルリンドと私は聞く耳など持ちあわせていませんでした。暗い地下室の障害物の間を、口元にまとわりつくクモの巣に閉口しながら、私たちはこわごわと這い進みました。

　地下室の入り口にコンスタンチおじさんは、細長い鳥かご状の、針金でできたネズミ捕りを仕掛けていて、その奥には固いチーズが一切れ吊るされていました。ネズミがそのエサに嚙みつくとバネが外れて、弾みでかごの入り口が閉まり、生け捕りにされるのです。ネズミは黒く巨大で、おじさんは水槽の中で溺れさせていました。

　今思えば残酷な溺死の場面なのですが、当時、私は通りじゅうに見に来るようにふれて回りました。おじさんが水槽に栓をして蛇口を捻り、水位が上がっていく間、子どもたちは水槽の周りで押し合いへし合いしながら、敵の苦しむ様子に興奮するのでした。

　コンスタンチおじさんは靴屋で働いていました。ラジオでコリンチャンス[1]を応援し、競馬を聴き、そして洗濯物の平干し板の近くに檻をおいて青、黄、赤のカナリアを飼っていました。繁殖の時期になると、彼はつがいを鳥かごに分けて、巣を作らせるために紐をほぐしてかごの中に入れました。ひなが生まれると、私たちは、前日のパンに牛乳とゆで卵の黄身を加えてパンがゆを作り、爪楊枝で小さなくち

ブラースの町で

ばしに与えました。黄色い羽が小鳥たちの体を覆い、巣を離れるとき
まで。

　カナリアたちが互いに競い合うように美しく歌い上げる音楽は、皆
が戸口に立ち止まって耳を傾けるほど素晴らしいものでした。

　私の父は、昼間の仕事と夜の仕事を掛け持ちしていました。朝早く
出かけ、その頃の人たちの大部分がそうであったように昼食に家に戻
り、そして夜中を過ぎてやっと家に帰ってきました。ブラースから脱
け出すためには、必死に働かなければならないといつも言っていまし
た。彼は子どもたちを、工場で命を危険にさらすような労働者にはし
たくなかったのです。

　日曜日に母のピアノでクラシックの曲を弾くのが、父の一週間での
唯一の娯楽でした。父は「ペルシャの市場にて」2) という曲を好んで
演奏しました。アラビア風の屋根や尖塔に囲まれた石造りの市場、こ
のメロディのリズムに乗ってラクダでやってくる隊商、色とりどりの
テント、ベールをまとった女性、金の輪のイヤリングをつけた男性、
そして蛇使い。それらを思い浮かべながら、私は静かに耳を傾けたの
でした。

　父は、三つ揃いの背広を着た元気の良い人で、痩せていて、他の子
のお父さんたちよりもずっと背が高く、私はそのことが自慢でした。
怒ったときは、怒鳴ったりしなくても、厳しい目でちらりと見るだけ
で十分でした。町の多くの男の人たちとは異なり、近所の人とおしゃ
べりして過ごすことはほとんどなく、酒場に通うこともせず、ピント
さんの店でも酒を飲むことはありませんでした。

5 食料雑貨店

　ピントさんの食料雑貨店はたいへん典型的なものでした。積み重ねられた袋、ぶら下げられたソーセージ、山積みの塩ダラ、そしてオリーブの樽。夜には、男の人たちが樽の間に座って、チェスやドミノや、「15のスコパ」[1] というカードゲームに興じ、オリーブやソーセージの小片をつまみにワインを飲むのでした。当時オリーブは珍しく、ポルトガルからの輸入品で高価なものでした。樽からの匂いの誘惑に勝てなかった私は、樽にもたれかかり、男の人たちのトランプゲームの様子をうかがっていました。彼らが遊びに気を取られた隙に、私の汚い腕が通る分だけ蓋を押してずらし、大きなオリーブの実を一つ盗んで通りに出て食べたのです。味わい尽くすため、軽く噛んでは塩味の汁を吸うのを、味がしなくなるまで何度も繰り返しました。

　ピントさんはいつも耳の後ろに黄色い鉛筆を挟んでいて、書く前にはその鉛筆の先を舐めていました。常連客は買い物をし、手帳を差し出して支払い額を書いてもらい、工場の給料日にその手帳を持ってきては合計額を計算してもらうのでした。ピントさんが口の中で小計額をぶつぶつ呟きながら、数字の列の中を鉛筆をぴょんぴょんと走らせて素早く足し算をする様子を、私は羨望の目で眺めていました。

　家族で住むには小さな家だったので、ブラースの子どもたちは昼間は外に出て過ごしていました。姉は、他の女の子たちと同様、門から

ブラースの町で

遠くに行ったりはしませんでした。女の子同士、庭で人形遊びをしたり、歩道で石蹴りしたり、縄跳びをしたりしていましたが、ときには私とサッカーをすることもありました。しかし母はそれが気に入らず、女の子がする遊びではないと言ったものです。私は朝食を済ませると通りへ走り出て、戻るのは食事のときだけでした。夢中でボールを追いかけていたのです。都合の良いことにサッカーをしていた場所はうちの門のすぐ前の、ジェルマーノさんの工場の歩道でした。ジェルマーノさんは大柄で厳めしいドイツ人で、青い小型トラックを運転していました。

　革のボールなど誰も持っておらず、子ヤギのように跳ねるゴムのボールで試合をしました。それが破裂すると、古い靴下や丸めた新聞紙でボールを作りました。これは歩道でペナルティキックをするのには最適だったのです。母親たちの呼び声が聞こえると、試合を中断しなければなりませんでした。

　母親というのはなんと憎らしいのでしょう。試合の一番いいところで、手を腰に当て、戸口に姿を現わすのです。

「ペドリーニョ、ごはんだから、戻って体を洗いなさい！」

「ペピーノ、もう三度も呼んだよ！　なんて悪い子だい。父さんが帰ったらお仕置きだよ！」

6　イタリア人たち

　ブラースはこれといった際立ったところのない町で、通りには四角
い石が敷きつめられ、車はほとんど通りませんでした。正午にはサイ
レンが鳴り、工場の昼食時間を知らせました。高い建物もなく、町の
どこからでも、煙突と、天を突くようなサント・アントーニオ教会の
塔が見えました。

　この町の人間模様は、ポルトガル人やスペイン人より多数を占めた
騒々しいイタリア人が牛耳っていました。戦争で被害を受けた小さな
村々から移ってきた貧しい人たちで、カラブリア、ナポリ、シチリア、
ヴェネト、ミラノの人が混ざっていました。彼らはそれぞれお互いに
理解できない方言[1]で話していました。

　イタリア北部出身の人たちは、たいていはより教養のある人たちで
した。工員でも専門職が多く、子どもをサレジオ会教会のコラサォン・
ヂ・ジェズースやオリエンチ通りのサンパウロ・アカデーミコ学院な
どの私立の学校に通わせていました。彼らはイタリア南部から来た人
たち、ナポリ人、カラブリア人、シチリア人たちとは折り合いが悪く、
「カウカマーノ」と呼んで見下していました。

　お年寄りたちによると、「カウカマーノ」という言葉は、ずるいカ
ラブリア商人のことを指すものとして生まれたのだそうです。ばねに
皿を吊るしたあの古い秤で商品の重さを量るとき、彼らは秤の皿を手
で押して重さをごまかしました。それが、その「カウカ・ア・マォン

（手を押しつける）」人たちで、それがイタリア語風に「カウカマーノ」となったらしいとのことです。

　工員たちは、新聞紙に包んだ弁当と黒い雨傘を持って、朝早く仕事に出かけたものでした。サンパウロではよく霧雨が降りました。この都市は森に囲まれていて、「霧雨の地」として知られていました。労働者の中には、十代後半の若者はたくさんいたものの、子どもはもはやいませんでした。というのは、14歳より下の子どもたちが働くことは禁止されていたからです。それらの光景は子どもの私に、大人になるということは、早く起きて、弁当を持って工場に行かねばならないということだという印象を刻みつけたのでした。

　皆が皆、工員だったわけではなく、床屋、仕立屋、指物師、靴屋、そして荷車を引いて歩く行商人もいました。その中には筒型の大きな缶を背負って、節をつけてふれ歩く一人のナポリ人がいました。
「ピザだよ、ピザ！　モッツァレラにポマローラ！」
　それはモッツァレラチーズの上にトマトをのせたピザでした。彼は大きな缶を白い布で覆っていて、その中には、油紙で1枚ずつ丁寧に分けられた丸いピザが重なって入っていました。ピザは彼の奥さんがまきの窯の中で調理したものでした。値段が高いわけではなかったのに、買う人はほとんどいませんでした。移民たちは倹約して生活していたからです。このようなナポリ人は、1950年代にブラースに増え始めるピザ屋の草分けでした。

　冷蔵庫はまだありませんでした。私が初めて見た冷蔵庫は、8歳のときスペイン人の祖母の家で見たもので、ホテルの客室の冷蔵庫のような小さなものでした。電気で動くのではなく、朝、氷工場の小型トラックが家の戸口に大きな氷の塊を置いていき、出勤前に男の人たちが冷蔵庫の中へ運んで、食料を冷やすのです。冷蔵庫なしで次の日まで食べ物を保管するのは危険なことでした。その頃、多くの幼い子ど

もたちが腐敗した食品を食べてお腹をこわして亡くなったのです。

　あらゆる行商人が家々の玄関先を行き過ぎていきました。野菜売り、魚売り、ジャガイモ売り、瓶を買う人、そしてこんな呼び声を上げるナポリ人もいました。

「古着はいかが。お得意様には安くしますよ。背広、ドレス、帽子、それにすてきなランジェリー」

　古着の商売はナポリ人の手中にあり、英国製のカシミアまでをも売っていました。コンスタンチおじさんは、あれは（隣の地区の）モオカ製だと言っていました。しかしそのような行商人のなかで、子どもたちをもっとも引きつけたのは、プリン売りの黒人女性でした。彼女はふくよかで、無邪気な微笑みを浮かべ、バラの香水を付けていました。バイーア女性²⁾のフレアのドレスを着てターバンにお盆を載せ、木の台を手に持っていました。路上にお盆をおいて、刺繍のついたクロスの上に商品をのせて見せていました。太陽の光の中、そのプリンは私たちの目にはキラキラ輝いて見えました。

　姉さんと私がそのプリンを買うためのお金をねだると父はいつもだめだと言いました。自分が家で作るのは牛乳を使ったおいしいプリンだが、黒人女性のプリンは小麦粉と水しか入っていないまがい物だと言っていました。ですが、それはただの負け惜しみでした。本当は黒人女性のプリンのほうがずっと上等でした。

　お金のない子どもたちはお盆を囲み、買いに来る人がいると羨望の眼差しで見つめたものでした。ある午後、私たちがそのあたりにいると１台の黒いフォードがすぐその前に止まり、ギアをバックに入れました。背広にネクタイを締めた白髪交じりの男性が下りてきて、上着のポケットから財布を取りだすとその売り子に言いました。

「ご婦人、こんにちは。子どもたちみんなにお菓子をあげてもらえませんか」

ブラースの町で

私たちは口々にお礼を言いましたが、彼が車に乗り込むまで最初の一口を食べる勇気はありませんでした。私は、あんなに気前がよく、「ご婦人、こんにちは」などと言う礼儀正しい人にそれまで会ったことがなかったのです。

7　ドナ・アウグスタ

　共同住宅の台所の屋根はトマトのたらいで彩られていました。イタリア人の女たちがあとで押しつぶして日曜日のパスタのソースを作ろうと日に干していたのです。その日曜日には、親戚たちがやってきて、バンドリン[1]やアコーディオンを弾き、陽気な音楽にあわせて踊り、歌い、ワインを飲んで、にぎやかにおしゃべりをしました。これらがみな一度に行われるのです。そして夕暮れ時になると、きまっていさかいが始まり、目に涙を浮かべた女性たちの手を取り、イタリア語で「もう二度とこんな恩知らずの家に足を踏み入れるものか」と罵り、門から大声で悪態をつきながら腹を立てて出ていくのでした。そう誓ったはずですが、次の日曜日にはまたやってきます。子どもたちは跳びはね、黒い服の女たちが周りに座る中、皆が一緒になって庭で歌い踊って過ごすのでした。

　しかしこれらが共同住宅でのいちばん騒々しいけんかというわけではありません。多くの家族に一つの浴室、たった一つだけの流し、洗濯した服を吊るしておくための狭い場所しかなく、そこでの女性たち（多くは私の友だちのお母さんたちでしたが）の揉め事はそれ以上で、しかも日常茶飯事でした。一週間分のストレスが彼女たちの中で溜まりに溜まっていたのでしょう。いざこざは決まって日曜日の朝、夫たちが家にいるときに起きたものでした。

　ことの始まりはほんの些細なこと。ある女性が文句を言うと、もう

ブラースの町で

一人が腹を立てて言い返します。それでもどちらも仕事の手は止めません。数分後、最初の女性が台所の戸口で悪態をついて出ていきます。もう一人はまるで何も聞こえなかったかのように洗濯の紐に洋服をほします。そしてやにわにたらいをつかみ、流しのほうに向かって、同じような口ぶりで言い返すのです。声はだんだんと大きくなり、言い合いのペースが速まっていきます。近所の女たちが加勢し始めると、もう手の付けようがありません。阿鼻叫喚の図が繰り広げられるというあんばいです。

　そんなとき、夫たちは、くわばらくわばらと早々に部屋から通りに避難するのでした。歩道で夫たちは慰めあい、それぞれに妻の愚痴をこぼしました。

「私は妻に言うんだ、あなたはやさしい心をもっている、けど短気はいけないよ」

「そんなの何でもないさ、ニコラさん。お宅の奥さんはうちに比べりゃかわいいもんさ。うちのはまるで赤とうがらし。母親の性質をそっくりそのまま受け継いでいるんだ。気の毒なのは義理の父さ。呪われし老女ってところだね！」

　夫たちが、誰がもっとも我慢のならない妻と結婚したかを競っている間に、妻たちは裏庭で口論を続け、悪態をつき合っていました。

「よくもあんた、私の腕に引っ掻き傷をつけたね。土曜日にしかシャワーを浴びない、この汚らしくて醜いカラブリア女 2)！」

「あんたの妹、旦那がいるくせに、いつも窓のところで治安維持隊の隊長が通るたびに目をぱちぱち。そんな尻軽より、シャワーを浴びない方がましよ！」

　門のところで息を潜めて、私たちは、一言一句聞きもらさず、一つの動作も、にらみ合う視線の一つも見逃しませんでした。その年頃の子どもたちとかけ離れた大人の世界を、私たちは興味津々で観察して

いたのです。

　いさかいの頂点に達すると、決まってドナ・アウグスタが現れました。ドナは髪をピンで留めたポルトガル人女性で、ホドリーゲス・サントス通りの角のシモンエス食料雑貨店の隣に住んでいました。彼女は、黒地に白い水玉模様のワンピースを着て、縞模様のエプロンで手を拭きながら、むっつりとした顔をして、急ぎ足でやってくるのでした。歩道では、みんなが彼女に道をあけました。彼女は入ってくると、外にいる男たちに見せつけるかのように門をばたんと閉めて、裏庭の争いを収めました。

「アスンタ、もう中に入りなさい！　いいかげんにしなさい！　カルメーラ、やめなさい、あんたはしゃべり過ぎだよ！　あなたたち、今日は日曜日なんだから、昼食の準備をしなさいよ。イエス様の日に何をしてるんだい！」

　皆の興奮が収まっていきます。それから部屋に引き上げた女性たちの押し殺したようなすすり泣きが聞こえてくるのです。そして、あごを突き出したドナ・アウグスタは、一言も発することなく門を開けると、もと来た道を帰っていくのでした。彼女の貫禄に圧倒された野次馬たちがつくる花道の中を通って。

ブラースの町で

8 気球

　私はそのころの母の面影をよく覚えています。母は、優しくてほっそりとして浅黒い肌をしていました。自分で縫った服を着て、家の中でもきちんと装っていました。引き出しをレースのかけ布で覆い、鍋をぴかぴかに磨き、そして、通りで泥だらけの私を見かけるとこっちにきて体を洗いなさいと言ったものでした。みんなは彼女を「しっかりした女性」だと言い、私はその言葉を誇らしく聞いていました。

　午後には、私は学校に行っている姉と一緒に、ジョアン・テオドーロ通りにいる弟に会いに行きました。姉は建物の階段をゆっくりと上がり、祖父の揺り椅子に座って疲れを癒しました。しばらくすると姉は弟を膝に乗せて、キスを浴びせかけました。私はうらやましいなどとは微塵も感じず、姉が膝の上に小さな弟を乗せて微笑んでいる光景に見とれていたのでした。

　日曜日は、父も仕事が休みで、私たちは路面電車に乗ってサンターナのオリンピアおばさんを訪ねました。おばさんは母が心を許して何でも話せた姉でした。イトスギで囲われた小農園に、彼女は夫と二人の息子と共に暮らしていました。そこはヴォルンターリオス・ダ・パトリア通りの、給水塔のほぼ向かいで、近くにはモラーヴィア・ベーカリーがありました。その地域には同じような小農園が多くありました。野菜が作られ、その野菜は、荷車で八百屋に運ばれていくか、家

から家へと触れ歩いて売られるのでした。

　ヴォルンターリオス・ダ・パトリア通りに入るところで舗装が終わっていました。そこはポラール・ベーカリーの近くで、今では銀行の支店があります。カンタレイラ山地を下りて北部を通りこの町に着いた馬のために水を貯えた丸い鉄製の水飲み場もありました。今日（こんにち）の給水塔のあるサンターナ地区の様子からは、ほんの50年前にそこに小農園があったとは誰も想像できないでしょう。

　その親戚の集まりの中には、気が合ういとこたちがいました。オリンピアおばさんの二人の子どもと、母の兄であるジョゼーおじさんの三人の子どもです。私たちは徒党を組み、土まみれになりながら、小農園のすみからすみまで駆けずり回ります。木に登り、池のアヒルに餌をやり、おじさんの馬車を引く馬のグアリーショのために牧草を刈り、竹藪の竹で立派なゴールポストを作りサッカーをしたものでした。

　帰る時間になると、いとこたちと私は、母に、次の日曜日まで私をここにいさせてくれるように駄々をこねたのでした。しつこく言い張ると、時々、私の望みは叶えられました。こんなにうれしいことはありませんでした。

　今はおそろしい火災を引き起こすので禁止されていますが、その当時の6月の空は、きらきらと輝く気球が散りばめられたものでした[1]。小農園では気球は絶え間なく落ちてきて、幼い私たちは、給水塔の避雷針に気球が引き寄せられているのだと想像していました。そんなとき、最初にすることは、急いでルカを放つことでした。ルカは低い声で吠えるジャーマンシェパードで、柵越しに、隣の地区から来る子どもたちを追い払ってくれたのです。その間に私たちの一人が気球の口をつかんで捕まえ、中の火を消しました。気球はとてもたくさん飛んできたので、私たちは交代で捕まえたのです。空から降ってくる輝く

ブラースの町で

プレゼントをこの手につかみ取る、私はこんなにも楽しいことをほか
に知りませんでした。

　気球に心を奪われていた私は、大雨の後のあるとき、大急ぎで靴も
履かず、気球を追いかけ走って外に出ました。その気球は、ブラース
でもっともイタリア人の集まっている場所の一つであるカエターノ・
ピント通りに落ち、私は追いつくことができず、捕まえられませんで
した。しかたなく、隣に住むアルリンドと一緒に、歩道の縁石の上を
流れる雨水の激流の中を歩いて家に帰りました。そのとき彼が気づい
たのです。

「おもしろいね、君が左足を踏み出すたびに水が赤くなるよ」

　いつの間にか、ガラスの破片が私の左の足の裏に深い切り傷を作っ
ていました。空に目を釘付けにしたまま走り回ったせいでした。

9 結婚指輪

しばらくして、母は珍しい病気にかかっていることがわかりました。その病気は徐々に筋肉が弱っていくもので、40年代には治療法はほとんどありませんでした[1]。そのとおり、母の体からは力が抜け落ちていき、家のわずかな段差を上がるのにも、姉か私の手助けが必要となりました。もはや母方の祖父母の家にいる弟に会いに行くこともできなくなり、祖父母の方が弟を連れてこなければなりませんでした。

衰弱は急速に進み、まもなく母は寝たきりになりました。医者に行くのにも、父はタクシーまで彼女を抱き上げて運ばなければなりませんでした。母は、私たちの思い出の中に永遠に残っているその優しい微笑みで苦しみを隠そうとしていたものの、姉と私は、その日々の苦しみに寄り添ったのでした。

薬と注射はそのたびごとに効き目がなくなっていき、部屋のタンスの上に所狭しと置かれていました。二人の祖母やおばたちなどの女性たちが交替で母に付き添い、容体が悪化したときには母のために駆けつけてくれました。夜中に付き添ったのは父で、痩せて、黒い目は落ちくぼんでいました。ある夜、私は起きて、父と一緒にベッドの上に立ち、母の痩せた足を持って体を逆さまにしました。母は喉を詰まらせていて、咳をする力がなかったからです。

私の母と父は同い年で、そのとき32歳でした。私は4歳で、母の白い手を取って、自分の日焼けした手と見比べるのが好きでした。通

ブラースの町で

41

りでは門から離れないようにしていました。それは、母の介助や注射のために人手が必要になったとき、誰よりも早く駆けつけるためでした。母に対しての責任感は、私を誇り高くさせました。母親に世話をされている他の子どもたちとは違って、私の方が母の世話をしていたのですから。

　ある曇った日曜日、家の中がいつもより早く動き始めました。私が起きたとき、母はベッドのふちに座っていました。その足は腫れ上がり、膝の上に積んだ枕の上で、組んだ腕に頭を載せていました。呼吸はいつにもまして苦しげで、首の血管は青く浮き出て、鼻には酸素ボンベとつながったチューブが挿されていました。私は朝食のあと母の青白いほほにゆっくりキスしたのを覚えています。そのときは母は微笑むこともなく、ただ、光を失った目を私の目に向けただけでした。私は母のそばのじゅうたんの上に座っていたかったのですが、誰も許してはくれませんでした。

　私は門のところへ行って、工場の入り口で年上の子たちのサッカーを見ていました。フラーヴィオは私のいとこでヒーローでした。14歳ですでに背広にネクタイをして、電信と無線電話の送信会社であるラジオナル社で働いていたからです。フラーヴィオは試合で右ウイングを務めていました。私は、なぜ自分は母のそばにいさせてもらえないのかわからないまま、おとなしくそこに座っていました。

　ほどなくして、レオノールおばさんが出かけていきました。アマドールおじさんと、アウレーリアおばあちゃんの家に仮眠を取りに行っていた父を呼びに行ったのでした。二人を連れて戻ってくると、皆一様^{いち}におしだまりそそくさと門を通っていきました。父はまだ、ひげを剃ってもいませんでした。

　突然に、家の中に静けさが訪れました。音を立てずに、私は部屋の戸口まで来て、姉の後ろで立ち止まりました。窓からぼんやりとした

42

光が差して、みんなはベッドの周りでじっと立っていました。積み上げられた枕の上に寄りかかった母の息づかいが、長い間をおいて聞こえていました。それから、母の腕が枕から滑り落ち、結婚指輪がその手から抜け落ちて床に転がり、ころんころんと三度回ったあとで、止まったのでした。

ブラースの町で

10 アウレーリアおばあちゃんの家

　父、姉のマリア・エレーナ、そして私は、アウレーリアおばあちゃんとアマドールおじさんと共に、隣にあるおばあちゃんの家に住むことになりました。弟フェルナンドは、そのまま、母方の祖父母とドゥルヴァウおじさんが暮らす家に住み続けましたが、近所だったので、私は弟といつも一緒でした。私の生活は以前と変わりませんでした。サッカー、ビー玉、凧揚げ、コマ回し、そしてバーラス・セレソニイス [1] のサッカー選手のカード集め。それに愛情深いスペイン人のおばあちゃんと、優しいアマドールおじさん。おじさんは、夜に台所で私を膝の上に乗せて、カナリアが鳥かごのブランコをあちらこちらに行き来する様子を、灯りを消すまで一緒に見たりしてくれました。

　母を失った私は、町の中でのさらなる自由を手に入れました。祖母というものは、母親ほどは口うるさくはないものだからです。

　アマドールおじさんは大変勉強好きで、机の脇で、薬の無料サンプルの空き箱で私を遊ばせてくれました。部屋の中に、頭から足までの骨格標本を置いていて、それは柱につるされ、シーツで覆いがされていました。ガイコツは私の仲の良い友だちで、私たちはおしゃべりをし、私はその手を握ってみたり、一つの骨の動きによって他の骨がどのように動くかを見るためにいろいろな部分を持ち上げてみたり、「彼」（おじさんはそれが男性のガイコツだと知っていました）がど

44

んな人生を送ったのか想像したりしました。

　おじさんは私がガイコツに触るのを許してくれていましたが、気を
つけて大事にするようにいつも念を押していました。たいていは言わ
れた通りにしていたのですが、時々、おじさんが出かけたとき、私は
部屋を暗くして、通りの友だちを一人か二人、家の中での「宝探し」
に招待したのです。私たちは足音を忍ばせて中に入り、廊下の板を軋
ませながら、薄明かりに包まれた部屋までたどり着きます。隠された
偽の宝の近くまで来たそのとき、私はさっとシーツを引いて、できる
限りの低い声で叫びます。「死神だ！」

　ガイコツは柱の上でカタカタと揺れ、パニックに陥った子どもたち
は、慌てふためいたゴキブリのように廊下を逃げまどいます。恐怖の
あまり何人かは家の中で迷子になり、おばあちゃんのいる台所に行き
着きます。おばあちゃんがまた私と一緒に大声で叫ぶものですから、
子どもたちはさらに驚いたのでした。

　夜になると、「息子たちがこわがって眠れない」と、母親たちが文
句を言いにやってくるのでした。

　母の死は、姉と私の関係をより親密にしました。3歳年上の彼女は、
母親がいないということの意味を私よりよくわかっていて、優しく、
少女なりの母性本能で、私を守ろうとしました。夜にはお話を読み、
宿題を手伝い、相談に乗ってくれました。私はよく理解していなかっ
たけれど、私たちの置かれた逆境は、姉弟を生涯続く愛の絆で結んだ
のでした。

ブラースの町で

45

11　イザーク先生

　ある日、私は奇妙な感じがして目覚めました。両足がなんだか重い
のです。朝食に来た私を見るなり、おばあちゃんが驚きの声を上げま
した。
「まあ！　その目はどうしたの、ひどく腫れているじゃないの！」
　昼食の後、父は私をイザーク先生のところへ連れていきました。私
はすでに６歳になっていましたが、医者に行ったのはそのときが初め
てでした。裕福な家の子どもでなければ、かかりつけの小児科医など
持てなかったのです。イザーク先生は、私は腎炎にかかっていると言
いました。それは、腎臓にできる炎症で、体の腫れを引き起こす病気
です。彼はペニシリンの注射と、30日間のベッドでの絶対の安静、
そして信じがたい食事療法を言い渡しました。それは、３日間は絶食
で一滴の水すらも飲まず、そのあとの３日間は、朝と昼と寝る前に小
さなコップに入ったたった一杯のオレンジジュースしか許されないと
いうものでした。つまり、合計６日間なにも食べず、最初の３日間は
水さえ飲めないのです。
　次の週にはもう少しだけ多くの水分を摂ることが許され、食事は、
塩抜きで調理された蜂蜜をふりかけた小さな器に入ったおかゆを食べ
ることが許されました。３週目、４週目には、昼食にはジャガイモを
二つとシュシュ（ハヤトウリ）¹⁾を一つ、そして夕食にはさらに、デ
ザートにあの我慢できない蜂蜜入りのおかゆが認められました。それ

以後、ベッドから起きられるようになり、塩が入っていなければ食べたいものを食べられるようになりました。以前よりさらに痩せてしまったので、通りの子どもたちは私を「歩くガイコツ」と呼んだのです。

　ペニシリンはあったとはいえ、医学は、まだまだ今のように進んではいませんでした。腎炎の治療については、医者は、患者にできるだけ長期間、食べたり飲んだりさせないようにしました。炎症を起こした腎臓は「休む」ことが必要だと信じられていたのです。後になって、研究が進み、その治療法は間違っていたことが明らかになりました。つまり、患者の治療に有効なのはペニシリンの注射であって、子どもを飲まず食わずで過ごさせることは全く効果のないことだったのです。

　もっとも辛かったのは水分を摂れないことでした。喉の渇きに比べたら、お腹がすくことなどなんでもないことです。水分を絶たれた二日目には、気も狂わんばかりになりました。口の中に焼けるような渇きを覚え、くちびるはねばねばし、やっと眠っても、いつも同じ、お菓子を売っていたあの黒人女性の夢ですぐに目が覚めてしまいました。白い服の彼女は、頭の上にバランスよくお盆を載せて現れ、私に冷たい水のコップを差し出します。それを受取ろうと手を伸ばすと、コップは落ちて粉々になり、私は泣きながら目覚めるのです。私のかたわらに一緒に寝ていた父は、濡らした綿で、私のひび割れた唇を湿らせてくれました。

　三日目には、私は体がすっかり動かなくなり、起きているよりも眠っている方が長くなりました。水の入ったコップを持った黒人女性の姿が行ったり来たりしますが、手をのばしても決して捕まえることはできないのでした。その夜、私がなんども目を覚ますので、父は眠るのを諦め、灯りを点けて片手に本を取り、もう一方の手で私を撫でてくれました。翌朝、おばあちゃんがオレンジジュースを持ってきてく

ブラースの町で

れたとき、私はあまりにも弱っており、もう飲みたいとすら感じない
ほどでした。

　今日のような豊富な薬も、ワクチンもありませんでした。子どもた
ちはみな水疱瘡や百日ぜきやおたふく風邪にかかり、多くの子どもが
下痢や麻疹や、ジフテリアという喉に強い傷みをもたらす病気に命を
奪われました。「子どもの病気」と呼ばれるこれらの病気は、誰もが
避けて通れないものとされていました。近所の子どもの誰かが、例え
ばおたふく風邪にかかったときには、母親たちは、このときに自分の
子も一緒にかからせてしまおうと、病気の子と遊ばせに連れていった
ものでした。年齢が小さければ小さいほど病気は軽く済むと信じられ
ていたのです。

　親たちはポリオ 2)、つまり小児麻痺をとても恐れていました。それ
は、筋肉の一部に一生続くような麻痺を引き起こすウイルス性の病気
です。子どもがちょっとした熱を出してぐったりするたびに、まわり
の大人たちは、ポリオではないかしらとおびえたのです。通りでも学
校でもいたるところで、麻痺した下肢を杖で支えた子どもが見受けら
れました。（ポリオはサビンワクチンによってブラジルから姿を消し
ました。それはたったひとしずく赤ちゃんの口に垂らすだけのもので
した。）

　新生児と多くの母親が、分娩の際に亡くなりました。しかし、私よ
り以前の、抗生物質がなかった世代はさらに深刻で、女性は 7 人から
8 人の子どもを産みましたが、そのうち育つのは 3 人か 4 人で、他の
子どもたちは、今となっては取るに足りない感染症で命を落としたの
でした。そして、私の祖父母の時代はもっと厳しく、たとえ伝染病を
免れたとしても、40 歳前後までしか生きられませんでした。50 歳の
女性は老女と見なされ、60 歳に至った人が新聞に書かれるときは、
「六十代、セー広場で車に轢かれる」などと見出しを付けられたのです。

48

私の祖父母はスペイン風邪 3) についてよく語り聞かせたものでした。1914 年にサンパウロで多くの犠牲者を出したその世界的な伝染病は、うわ言を言うほどの高熱と、体の強い痛み、そして、死のウイルスを空気中に撒きちらすひどい咳をもたらしました。同じ家の中で何人もの人が病に倒れ、立っていられる人が家族の看病をしました。ブラースではあまりに多くの人が亡くなったので、一人ひとり埋葬する時間がありませんでした。家族が夜の間に通夜を済ませ、そのあとで遺体を路上に置いておくと、翌朝、葬儀用の荷車が遺体を集めて回ったのでした。

　スペイン風邪についての話を聞くとき、私が頭に思い描いたものは、荷車の上の遺体の山、そして、眼鏡にレインコート姿で、イザーク先生のと同じ革の鞄を手に、伝染病の真っただ中を家から家へと病人を聴診器で診察してまわる、大人になった私自身の姿だったのです。

ブラースの町で

12　サッカー

　1950 年のエンヒッキ・ヂーアス通りには、テレビを持っている家
などありませんでした。テレビはその頃ようやくブラジルに姿を現し
たところで、たいへん高価でした。私は、コンスタンチおじさんの影
響で、サンパウロ FC[1] のすべて試合のほか、コリンチャンスの試合
までラジオで聴いていたのです。

　あるとき、私の父の兄であるオヂーロおじさんが、いい子にしてい
たら、パカエンブースタジアム[2] にサンパウロ FC の試合を見に連
れていってやろうと約束してくれました。期待に胸が高鳴り、私はそ
の週、模範少年に変わりました。土曜日、おじさんが私を迎えに来た
のは昼食の後でしたが、私は午前 11 時には準備万端で待っていまし
た。私がサンパウロ FC 対ナシオナウ[3] を見に行くことは通りじゅ
うに知れ渡っていました。おじさんは、サンパウロ FC ファンの私を
がっかりさせることがないように、弱いナシオナウをわざと選んだの
でした。

　紙の筒で包まれたピーナツはおいしかったし、芝の緑やユニホーム
の色、花火の大音響も私の心を捉えました。しかも 2 対 0 で勝ちはし
たものの、選手たちは、少し私の期待を裏切りました。

　ラジオで聴いていた試合はもっと感動的でした。「テイシェリーニ
ャ[4]、胸でトラップ、ボールを地面に落とした！　一人抜き、二人抜
き、ゴールエリアに入った！　電撃シュート、ゴール！」私の幼い想

像の世界では、ボールを胸でトラップし攻め込んで電撃シュートを放ったあの選手は、超人的な力の持ち主で、アナウンサーのゴールの叫びは私の耳の中でいつまでもこだましました。歓喜に満ちあふれたサンパウロのゴール！　実際のピッチでは、それほどドラマチックではなく、生身の選手はパスを失敗したり、ゴールの枠を捉えられなかったり、一対一でもゴールを外したりで、工場の門のところでの私たちの試合とそれほど変わりはなかったのです。

　1950 年にワールドカップがやってきて、ブラジル代表はマラカナン 5) でのウルグアイとの決勝戦へと駒を進めました。その晴れた日曜日、国じゅうの動きが停止し、同じようにブラースの町も止まりました。私は昼食をとり、シモンエス食料品店で一緒に試合の放送を聞こうと、いとこのフラーヴィオを誘いに行きました。シモンエス食料品店は、ラウロ、ラウリンドそしてラウレンチーノさんの兄弟がその父親から受け継いだもので、角にあるベンポスタ家の屋敷の下にありました。フラーヴィオのお母さんで、いつも朗らかなレオノールおばさんにゴイアバーダ・カスカォン 6) を一切れもらい、私たちは食料品店へと向かいました。

　山積みの米の袋の一つに腰かけ、私は、すっかり一人前であるかのように、ラジオ放送に聞き入りました。カウンターには若い人たちが座っていました。オノーリオさんとオノリーナさん、ラウロさんとラウリンドさんとラウレンチーノさん兄弟、ガス工場の従業員で、ネットキャップで髪を留めて通りでサッカーをしていたカサッパさん、かつて私を乱暴者の靴磨きから守ってくれたイジドーロさん、ゼッカさんとフェルナンド・ブラウリーオさん兄弟、仕事が休みの土曜の午後と日曜の午前、工場の前で白熱の試合に興じていた黒人のグラヂンさんたち。

　先制点を奪ったのはブラジルでした。サンパウロの右ウイングのフ

ブラースの町で

リアッサがゴールを決めたのです。後半にウルグアイが同点に追いつきましたが、誰も動揺などしませんでした。そこにいた人は皆、初めてブラジルが世界王者の座に着くのだと信じて疑っていませんでした。街角では、選手たちの名前が散りばめられた緑と黄色の気球の横で、お祝いの花火が、打ち上げの時を今や遅しと待ち構えていました。

　悲劇の２点目は、ウルグアイの立役者、ギジャの足によってもたらされたのです。店は静まりかえり、食品保管用の袋の匂いだけが漂っていました。そして、輝きを失ったアナウンサーの声が悲しげに伝えたのです。

「マラカナンの戦いは終わりました。ウルグアイ、世界チャンピオン！」

　皆いつまでもうなだれていました。その様子はまるで、氷鬼７）で鬼に触られて凍ってしまったかのようでした。やがて、みんな押し黙ったまま悲嘆にくれて店を出ていき、なかには目に涙を溜めている人もいました。カサッパさんは凄まじい音を立てて拳で店の戸を叩き、アウビーノ・ダス・ネーヴィスさんになだめられていました。そのアウビーノさんは腹水症のポルトガル人で、医者である私のおじさんが定期的に大きな注射器で腹水を抜いていて、その黄色い体液を、彼はベッドの下の尿瓶に流し込んでいました。

　イジドーロさんは、トラックの荷台に寄りかかって右腕で頭を抱え、子どものようにすすり泣いていました。誰かが死んだわけでもないのに、大の男が泣いているのを見たのは、それが初めてでした。

13　ジュアニートおじさんと黒いダイヤモンド

　私が町に姿を消してしまうと、アウレーリアおばあちゃんは私に腹
をたててものでしたが、孫にはとても甘くて、私が抱きしめてキスす
るだけで、彼女の心を溶かすには十分でした。6歳になった私は、祖
母の目を盗んで、カニンデーにあるサンパウロFCのスタジアムまで
行くことに夢中になっていました。カニンデーは今のポルトゲーザ [1]
のスタジアムのある場所で、チエテ川の岸のところです。子どもの足
には遠すぎる距離でした。

　カニンデーにはおばあちゃんの兄であるジュアニート [2] おじさん
も住んでいました。スペイン人の彼は、杖をついた、にこやかで感じ
の良い人でした。ジュアニートおじさんは毎朝、いつも決まった時間
の路面電車に乗って仕事に行っていました。ある日のこと、その路面
電車が停留所に来たとき、彼はそこにいませんでした。サンパウロは、
そんなことを運転士が不思議がるほど小さな町で、彼は電車を降りて
呼び鈴を鳴らしたのです。

「ジュアンさん、遅刻ですか？」

　ジュアニートおじさんは家の窓から顔をのぞかせました。

「もう行かないんです。郵便局は退職したんですよ」

　アマドールおじさんは彼を訪ねることが好きで、私は喜んでついて
いきました。私を引きつけたのは、にこやかなジュアニートおじさん
はもちろんですが、グーズベリーのアイスクリームを買いなさいと言

ブラースの町で

53

ってくれるお小遣いと、そして何よりも、彼の家の近所の様子でした。ジュアニートおじさんの家はサンパウロ FC の合宿所の前で、彼は選手たちと知り合いだったのです。おじさんの家に行ったある日のこと、アマドールおじさんと私はもう帰るところで、すでに通りに出ていました。ジュアニートおじさんが窓のところで何かを言い終えた、そのときです。黒と白の靴を履いた黒人の男性が角を曲がって私たちの方にやってきました。私は息を飲みました。あの「黒いダイヤモンド」、レオニーダス・ダ・シウヴァ 3) 選手だったのです。彼はサンパウロ FC とブラジル代表のセンターフォワードで、その時代のペレのような人でした。

　レオニーダス選手は窓の下で立ち止まってジュアニートおじさんに挨拶し、おじさんは私たちに彼を紹介してくれました。そのスーパースターは、短く刈り込んで前髪を立てた私の頭を撫でてくれたのです。私ははにかんで頭の中が真っ白になりましたが、やっとのことで勇気を振り絞って言いました。

「レオニーダスさん、とてもすてきな靴ですね」

　彼は微笑んで、「君もほしいかい」と尋ねました。

　私が、レオニーダス・ダ・シウヴァ選手本人と知り合いになったと友だちに話しても、誰ひとり、私のいとこたちですら、信じてはくれませんでした。

14　トラックに乗っかれ！

　私が7、8歳の頃、エンヒッキ・ヂーアス通りでは「トラックに乗っかる」のが流行り始めました。トラックの荷台の後ろにぶら下がり、角を曲がるところで飛び降りるのです。あるとき、ごみ収集のトラックに乗っかって家の前で飛び降りると、まずいことに、仕事から帰ってきて戸口にいた父に出くわしました。父のその顔が、このいたずらを気に入っていないということを物語っていました。そして私は、日曜日を一日中ベッドの中でパジャマで過ごすという、もっとも重いお仕置きを受けたのです。

　意固地な私はなんどもその悪さを繰り返し、ついには、ジェルマーノさんの小型トラックに乗っかることを決めました。ドイツ人 [1] のジェルマーノさんは、家の前の工場の主人で、少年たちは彼を見れば逃げ出してしまうほど怖れていました。私は、ただ皆にすごいところを見せつけてやりたいという思いだけのためにその決心をしたのです。私は歩道に停まっていたその小型トラックのそばに座りました。二人の従業員が荷台に箱をいくつか積み込みました。ジェルマーノさんは、昼食をとりに行くため車を発進させ、その後ろに私はぶら下がったのです。不幸なことに、角に差しかかったところでトラックはスピードを落とすところか加速し、私は怖くて飛び降りることができませんでした。

　サント・アントーニオ広場の方に向かってトラックはどんどん速度

ブラースの町で

を上げ、私はごつんごつん骨を車体にぶつけながら、落ちるのではないかという恐怖で生きた心地がしませんでした。広場の前では、二人の女性が、その猛スピードのトラックにぶら下がっている私に気がつき、止まるよう金切り声を上げましたが、ジェルマーノさんの耳には届きませんでした。腕が疲れてきて、なんとか荷台の中に這い上がろうと力を振り絞りましたが、トラックが通りの四角い敷石の石畳の上で暴れ馬のように跳ねて、上手くいきません。もう一度挑戦しましたが失敗に終わりました。その次はもっと駄目で、私は絶望感に襲われました。自分は死ぬだろうと思いました。父さんはとても悲しむだろうな、だって父さんはいつも「神さま、どうか私がこの子たちの一人も失うことがありませんように」と言っていたもの。

　おそらく、その死の恐怖が4回目の挑戦の勇気をもたらしたのでしょう。すね全体をすりむきながら、何とか私は足を掛けて荷台の中へ入りこむことに成功したのです。箱の間に転がり込むと、心臓は半鐘のように打ち、涙が溢れました。小型トラックがジェルマーノさんの家の玄関で止まったとき、私は彼が昼食を済ませて工場に戻るまで、箱の間で静かにしている方がいいだろうと考えました。が、これもまた思惑通りには行きませんでした。トラックの積荷を降ろそうとした彼は、そこに隠れていた私を見つけたのです。彼は仰天して後ろへ飛び退きました。「とんでもない悪がきだ。どうしてそんなところにいるんだ」

　私は、ただ角まで乗っかりたかっただけだったのに、スピードが速すぎて…と白状しました。彼は苦虫を噛み潰したような顔で、父に言いつけると言いました。私はぶたれるからそれはやめてくださいと頼みましたが、彼はお構いなしで、当然の報いだとまで言いました。傷だらけの足を見せても、彼の気持ちは動きませんでした。最後に、ベッドの中の日曜日のお仕置きについて話しました。そのときです。彼

の目の中に一瞬憐れみの光が差したように見えたのは。

「お前のお父さんは日曜日一日中パジャマで寝かせておくのか？」

「僕が全然言うことを聞かなかったときだけです」

「そいつはひどいな。お前の父さんは私のドイツの親父並みの厳しさだな。よし。トラックに乗りな。連れて帰ってやる」

　帰り道、彼は私に説教しながら、自分の父親の話をしてくれました。私は彼の父親のお仕置きは私の父のよりずっとひどいと思いました。私の父は、私を一晩中洋服ダンスに閉じ込めたりはしません。ジェルマーノさんは、私が二度とどのトラックにもぶら下がったりしないと約束するなら、このことは内緒にしてやると言ってくれました。それ以来、やはりぶっきらぼうで怖くはあったものの、彼は私の友だちになりました。彼は私を見かけると、折に触れ言いました。

「忘れるなよ。約束を守る子が、立派なやつさ」

ブラースの町で

15 約束を守る男

　私が8歳の時、アウレーリアおばあちゃんは重い病気にかかりました。私は「あのとき」よりも物事がわかっており、おばあちゃんを失ってしまうことを予感し、サッカーさえもやめて彼女と過ごす時間を慈しんだのです。ベッドのすそに腰を下ろして、学校で先生から教わった刺繍を羊毛の敷物に施しながら、私たちは何時間も話をしました。

　ある日、昼前におばあちゃんの容態が悪くなり、おじ、おばたちが家にやってきました。父は昼食に帰ってきていましたが、仕事に戻ることはしませんでした。私たちの支度を整え、姉をオヂーロおじさんの家に送り届け、私は、意に反して、また母方の祖父母の家に行くことになったのです。

　ジョアン・テオドーロ通りの家のテラスに上って、町の中心にあるマルチネリ・ビル¹⁾を眺めて時を過ごしたのを覚えています。そうして、ひとり床に寝そべり、青い空を白い雲が流れていくのを見ながら泣いていました。

　私は、母が亡くなった時よりもずっと心を痛めました。成長して、死というものの神秘を少しは理解していた私は、それが二度とは会えない永遠のお別れだということがわかっていたのです。

　亡くなった直後、私は茫然としていました。姉と二人だけだ。父は仕事で夜遅くまで帰ってこない。私たちはどうなるんだろう？　棺を埋める時、私は父にしがみつきました。

「これからどうなるの？」

「心配いらないさ。父さんがいるじゃないか」

　父は約束を守る男でした。父は、父であると同時に母でもありました。信頼できる女性を雇って家のことをしてもらうようにしましたが、彼の奮闘は続きました。昼食に戻ったときには、姉の髪を三つ編みにし、制服のひだスカートのしわを伸ばし、私の靴がきちんと磨かれていなければ叱り、私たちを学校へ送り出し[2]、よく煮こまれたフェイジャオン[3]をかけたご飯、牛肉、フライドポテト、レタスのサラダを食べ、そして、仕事に戻る前には、一番下の弟の様子を母方の祖父母の家に見に行くことさえしました。唯一仕事のない土曜日の夜と日曜日にも、一人で出かけることはありませんでした。料理の才覚を発揮し、小麦粉をこねて延ばし、おいしいマカロニをこしらえたり、パイナップルのケーキやバナナのタルト、ゴイアバーダ（グアバのペースト）のパンケーキ、鶏のえんどう豆のソース添え、さらにはパッポス・ヂ・アンジョ[4]まで作ってくれたのです。皆さんには想像できないでしょうけれど。

　日曜日の午後はピアノを弾きました。おそらくその調べのせいか、または、他の少年たちが両親と出かけてしまって通りに誰もいなかったせいでしょうか。私は少し悲しくなったものでした。夜には、父は私たちと一緒に横になり、お話を聞かせました。父は言ったものです、ブラースを出てバラの咲く庭のある家に住もう、そしてお前たちは大学で勉強するんだよ、と。

ブラースの町で

16　自由

　私には、父がなぜそれほどまでにブラースを出ていくことを望むの
かわかりませんでした。ブラースには友だちと自由があって、私は満
足していたのです。それはもう、自由であふれていました。母も祖母
もいない今、私は通りの王様でした。年上の友だちまでをも悪さに誘
ったのです。
「僕と一緒にサンパウロ FC のグラウンドまで行って、それからチエ
テ川で魚を捕る勇気のあるやつはいないか！」
　お母さんが行くのを許してくれない、などと言おうものなら、私は
その子たちを馬鹿、弱虫、腰抜け（誰にそんな言葉を教わったのかわ
かりませんが）呼ばわりし、内緒で行こうと言い張りました。帰って
叱られたら？　上等さ、楽しんでしまえばこっちのものじゃないか。
　竹のように痩せっぽちの私が、大いばりでグループの先頭を行きま
した。なぜなら私ほどよく道を知っている子どもはいなかったからで
す。路地裏からにぎやかな大通りへ、そして、鳥の群がる荒れ地を通
ってセハ・モレーナのグランドまで行き、サンパウロ FC の競技場に
行き着き、足を止めて壁に描かれた 3 色のエンブレム [1] に見とれる
のでした。そこから私たちは、藪を抜けてチエテ川の岸まで足を延ば
しました（当時まだマルジナウ大通りはありませんでした）。
　その頃は、チエテ川は現在のように汚れてはいませんでした。父の
子ども時代は、もっときれいで、アマドールおじさんなぞはチエテ川

の水泳大会に参加したほどです。

　川の水辺までたどり着くのは至難の業でした。川沿いの崖は高くて、その傾きはたいへん急でした。しかしその縁には、天の助けとも言うべき、柵の杭があったのです。グループの中で一番力の強い子がしっかりとその杭をつかんで、次の子に手を差し出し、そしてその子がまた次の子の手をつかんで、ようやく水辺に辿り着きます。そして中でも一番身軽な、たいていは私か、通りの上手に住んでいたもう一人の痩せっぽちが、最後に降りる役どころでした。パルケチーナの蜜蝋 2)の空き缶の底一面に釘で穴を開けたものを右手に持って、列の先につかまり、缶を水にくぐらせ、水面を泳ぐ魚を捕まえるのです。

　愚かな子どもの浅知恵でした。崖にぶら下がるようにつながった列など、もし一人が握り損ねたら、その下にいる者は皆、川の流れの中に落ちてしまったことでしょう。誰ひとりとして泳げる者はいなかったのに。

　私たちは銀色に光り輝く小魚を家に持ち帰り、水を入れた器に入れて母たちに見つからないよう庭に隠し、魚たちが生き続けている間、パンの屑を食べさせていたのです。

　痩せていると、いいことがありました。年上の子たちのサッカーのボールが前の工場の屋根の上に落ちてしまった時は、誰かが近所の家の高い塀を登って取りに行かなければなりません。そのために欠かすことのできない者、それは「太っちょ」という15歳の少年で、シチリア人の息子でした。彼はいつも細長いパン半分にゴイアバーダとバナナを挟んだサンドイッチを食べていました。太っちょが壁に寄りかかり、最初の者が彼の肩に登り、そこへ二番手がよじ登り、その後にもう一人と、まるでサーカスの曲芸師のようにして、屋根の上にたどり着くのでした。

　その曲芸は年長の子どもたちしかできませんでした。小さい者には

ブラースの町で

出番などなく、母たちも関わることを許しませんでした。ボールが屋根の上に落ちて人間梯子が作られるたび、私は登らせてくれるよう頼みましたが、彼らは聞き入れてはくれませんでした。それでも私は、自分は身軽で人間梯子にはうってつけだと訴えました。私があまりにもしつこく駄々をこねるので、ある日太っちょがとうとう業を煮やして言ったのです。

「その痩せっぽちに登らせろ！　落ちて、恥をかけばいいのさ。そしたらおとなしくなるだろうよ」

　私は裸足で肩から肩へと登り、屋根瓦の上を歩いてボールを見つけました。皆が見上げる中、屋根の縁に立ち止まってボールを下に向かって投げると、誇らしさでいっぱいになりました。それ以降、人間梯子には二人の決して欠かせない立役者が生まれました。太っちょと、私です。

　間の悪いことに、あるとき、ジョゼーおじさんの妻であるエレーナおばさんが、うちの近所に住んでいる彼女の両親を訪ねてきて、私が屋根から降りるところを目撃したのです。彼女は私の父に言いつけ、父は私に罰を与えました。日曜日一日中、パジャマでベッドの中、ラジオもつけられず、サンパウロ FC の試合を聴くこともできませんでした。

17　枝の主日[1]

　ブラースの町では、楽しいことばかりではありませんでした。年下の子を殴ったり、自分たちの通りを通ることを禁止したりする乱暴な少年たちがいました。いちばんひどかったのはジューリオ・ヒベイロ通りに住むカラブリア人の少年たちでした。その通りは、運の悪いことに私の通学路にあったのです。彼らのうちの一人、大柄で赤いほっぺの少年は、とても凶暴で、黒い土をひとつかみし、年下の子どもたちのシャツの襟首をつかんで口や目にその土を擦りつけたりまでもしました。私自身もそこを通るときに何度も殴られましたが、痩せっぽちでしたからやり返す術もありませんでした。彼らは四つか五つ年上でした。

　あるとき、学校へ向かう途中、私は彼ら二人に襲われました。制服は破れ、口は腫れ上がっていました。学校に着くと、先生は私を保健室に連れてゆき、傷にマーキュロクローム[2]を塗ってくれました。抑えきれない怒りがこみ上げてきて、私は復讐を誓ったのです。ほうきの柄をのこぎりで切り、その先をやすりで磨き、ひそかに失敬したコンスタンチおじさんの小型ナイフで私のイニシャルを彫り付けました。そして服の下にそのほうきの柄で作った武器を忍ばせて、彼らの隙をうかがいながら数日を過ごしました。

　一人目は、ボン・ゴスト菓子店から間抜け顔で出てきたところを仕留めました。彼は、細長いパンと1リットルの牛乳（当時はガラス瓶

ブラースの町で

63

で、アルミニウムの栓で蓋をしていました）を手に持っていました。
私は素早く通りを横切ると、いきなりほうきの柄で彼の腕に一撃を見
舞ったのです。パンは吹っ飛び、牛乳は地面で粉々に割れました。私
はジョアン・テオドーロ通りまで走って逃げ、アナおばあちゃんの家
に身を隠しました。そこは2街区も離れていましたが、彼の叫び声は
そこまで聞こえていたのでした。

　赤いほっぺのほうには、サント・アントーニオ教会のミサから帰る
ところで罰が下りました。その日は復活祭の前の枝の主日で、カトリ
ック信者たちはイエスのエルサレムへの入城を祝い、椰子の枝を持っ
て神父の祭儀に向かうのでした。濃青色の背広姿の彼は、訳知り顔で
ミサ典書を手にしていました。まるで聖人のようで、それがさらに私
の怒りを増幅させました。卑怯にも私は、彼の背後からほうきの柄を
振りかざし、彼の肩に狙いを付けて思い切り振り下ろしたのですが、
気の毒にも、私の気配に気がついた彼が素早く振り返ってこちらを見
たのです。すでに放たれた攻撃はもはや軌道修正などできません。打
撃は哀れな彼の頭のてっぺんに命中したのです！　私は怖くなって、
息を切らしてアナおばあちゃんのところに逃げ込みました。警察が私
を逮捕しにやってくるのではという心配で、生きた心地がしませんで
した。

　私は逮捕はされませんでしたが、まるで十字架から逃れる悪魔のよ
うに、ジューリオ通りには近づきませんでした。ある日、学校に遅れ
そうになって、回り道をするわけにもいかず、角を曲がると、誰かの
家の玄関の敷居に座っているあの二人と鉢合わせになってしまったの
です。彼らは本当に目と鼻の先に居て、もはや逃げることも無理でし
た。私は息を止め怖い気持ちをおくびにも出さず、二人の前を悠然と
通り過ぎました。何かあればまたやってやると心に決めて。しかし、
二人は目をそらし、私が見えないふりをしました。

18　夕涼み

　父は、私たちに7時には家に帰るように言いつけていました。姉と私は夕食のあとに宿題を済ませ早く横になりましたが、暑い夜だけはその日課が破られたのです。袖なしのシャツ姿の男の人たちは、歩道に椅子を引っ張りだして後ろ向きに腰かけ、足を開き、背もたれの上で腕を組んでいました。そして、石蹴りやかくれんぼ、馬跳び、マンイ・ダ・フーア 1)などの遊びをしている子どもたちのそばで、何時間も話をして過ごしました。やがて皿洗いを済ませた女の人たちも、文字通り「風にあたりに」出てくるのでした。

　そんな夜、私はコンスタンチおじさんの傍らに座って大人たちの話を聞くのが好きでした。工場での毎日、イタリアのぶどうの大きな房、彼らが乗ってきた船の船倉、穀物倉に蓄えられた牧草。そして飢えと寒さから仕方なく家畜小屋で寝たときの話。そこで彼らは雌牛にもたれて暖を取ったのだそうです。

　私がいちばん夢中になったのは戦争の話でした。ピューピューと鋭い音を立てて落ちる爆弾、ばらばらになった死体、瓦礫、機関銃の連射、昼食にジャガイモが一つ出されるだけの強制収容所。なかでも心を捉えたのは、イタリアのファシストの指導者ムッソリーニ 2)の処刑の場面でした。頭にベレー帽をかぶったニコラさんは、それをいつも同じ言葉で語ったのです。

「その卑劣なやつはガソリンスタンドで捕まったんだ。変装していた

ブラースの町で

65

のさ。縛り首にされてな、その後、逆さまに吊るされたのさ。そう、ちょうど肉屋の店先で豚が吊るされるみたいにね！」

　年齢にかかわらず、男の人たちはみな紳士の雰囲気がありました。子どもの前では服を脱いだり、下品な言葉づかいをすることもなく、私は、大人は下品な言葉を知らないのだと思っていたほどでした。相手に礼を尽くして、約束の言葉に責任を持ちました。信義に従った言葉は、署名された紙切れよりもずっと重んじられたのです。彼らの語った世界は、ブラースから遠く離れた世界でした。食べ物もなく、雪に覆われた村、塹壕、そして町じゅうに死を撒き散らす機関銃。私には、なぜそんな故郷を彼らが懐かしむのか理解できませんでした。

19 コリノス小劇場

通りを行く小型トラックのスピーカーから、宣伝の声が流れてきました。

「よい子のみなさん、今夜、エンヒッキ・ヂーアス通りでコリノス小劇場が開催されます。上映するのは『おもしろ幽霊屋敷』。出演はゴルドとマグロ 1）！　みなさんお見逃しなく！　シネ・コリノス、あなたの微笑みを輝かせる練り歯磨き」

その日は誰ひとりサッカーをしませんでした。無声映画の時代のアメリカのお笑いコンビ、ゴルドとマグロの話題で持ちきりでした。近所に住んでいたペドリーニョは、二人の映画をカンポス・エリズィーオス 2）のおばさんの家のテレビで見たことがありました。当時、この町では、誰もテレビを見たことがなかったのです。その夜出かけることを父に許してもらうのは一苦労でした。レオノールおばさんに父の仕事場まで電話してもらわなければなりませんでした。そのうえ、なんということ！　学校では授業がなかなか終わらなかったのです。

ドアに練り歯磨きのチューブが描かれた、コリノス社 3）の黒い小型トラックは、7時半にやってきました。スクリーンが設置され、工場の窓にスピーカーが取り付けられました。私たちは席を確保しようと歩道へ急ぎました。

私はスクリーンのすぐ近くの場所を見つけました。そのとき、オヂウがやってきて、辺りを見回し、私とアルリンドの間の隙間を見つけ

ブラースの町で

ると、少年たちの間をすり抜けてきて、そこに座ったのです。年下で素直なオヂウは、例の女の人たちがけんかする共同住宅の地下に住んでいました。彼はアレルギー性の鼻炎に悩まされていて、一日中鼻水を垂らしているのに、ハンカチではなく腕の甲で、上から下へと、一度は左腕で、次は右腕でと、交互に拭っていました。太陽に当たると、そこがてかてかと光っていました。

　絶対に誰にも取られたくない、スクリーンの正面のその場所を確保したのに、オヂウがくっついてくると、腕になんだかひんやりと湿った感じを覚えるのでした。たくさんの子どもで混みあっていたので、彼が私にぴったりとくっついて座るしか仕方がないのでした。私は急いで腕を引き離しましたが、ねばねばの液体は離れず、私と彼との間にねばねばした長い橋ができました。なんて気持ちが悪いのでしょう！　私は力を込めて引き離そうとしました。でももし水で洗いに外へ出たりしたら、映画の席を失ってしまうのです！

　やむなく、できるだけオヂウから身体を離して観ることにしました。映画は、カナダ人らしい金髪 4) の子どもたちが洗面所で歯を磨いている場面で始まりました。少年たちは青いパジャマ、女の子たちはピンク色のパジャマで身ぎれいにし、髪もきちんと梳かしつけられていました。虫歯など一本も見受けられません。私の知っている子どもたちとは大違いです。女の子たちは、お話の中の妖精のようでした。

　そのあと、口ひげをはやして窮屈そうな上着を着たゴルドと、ずるそうな顔のマグロが登場しました。幽霊屋敷の中で二人を待ちうけていたのは、ひとりでに開く扉や、部屋の中を動き回るベッド、見えない何者かにお尻を蹴られるなど数々の災難でした。歩道に座った私たちは、驚き、そして涙が出るほど笑いころげたのです。

　私は映画の魔力にすっかり魅了されてしまいました。今でも魔法にかかったままです。そして映画の中の子どもたちに興味津々でした。

だってあの金髪の子どもたちは最後に再び現れて、歯を磨き、同様に
金髪を美しくセットした笑顔の母親を喜ばせるのですから。星が輝く
その夜、流しの蛇口の下で汚れた腕に石鹸をこすりつけながら、ブラ
ース駅の遮断機の向こうには別の世界があるのだという、父の言葉が
わかりかけてきたのでした。

ブラースの町で

20 文化のコントラスト

　私の家の近所に姉のピアノの先生が住んでいました。日曜日になると、その女の先生は生徒たちと発表会を開きました。バイオリンやピアノを弾いてオペラを歌いました。そんなあるとき、彼女の家の前を通りかかると、低い歌声が聞こえました。"Vienne per la strada del buosco, el tuo nuome connosco…"¹⁾ 私は家の脇の通路から入りこんで居間の扉の前で立ち止まり、もっとよく聴こうと耳を傾けました。悲しい歌でした。

　そこへ、黒い靴下を履いてパラソルを持った大柄な女性が来て、ドアの外側でぼんやりしていた私を驚かせました。

「坊や、あなた音楽が好きなの？」

　私ははにかんで、もう帰るところですと言ったのですが、彼女は私を中に入らせました。勢いのある女の人には逆らえないものです。

　部屋に入ると、さらに恥ずかしくなりました。だって男の人たちはみなネクタイ姿、女性は上品に装っていたからです。パガニーニのコンチェルト²⁾を弾くバイオリニストは私の心を捉えました。それに女の子が弾いたショパンのポロネーズ³⁾も。曲の合間には、その当時では贅沢だったガラナ⁴⁾を飲み、シャンパーニュ・ビスケット⁵⁾を食べました。

　ブラースは移民の工員たちの町ではありましたが、いろいろな文化が目に見える町でもありました。コンコルディア広場には、今ではもう

壊されてしまいましたが、コロンボという大きな劇場 6) があり、そこではその当時の有名なテノール歌手、ティート・スキーパ 7) とカルーソー 8) が歌いました。たくさんのイタリアのオペラ劇団や国際的なバレエ団がその舞台で公演を行いました。

コロンボ劇場の隣にはシネ・バビロニア映画館があり、その近くにはテラスのある邸宅があって、そこで有名な歌手たちが広場の大勢の観客に向かって公演をしたのでした。そこには、「大衆の歌手」と呼ばれ時代を超える偉大な歌手の一人であるオルランド・シウヴァ 9) や、イザウリーニャ・ガルシア 10) も出演しました。フランシスコ・アウヴィス 11) が、国じゅうを動揺させたその事故死の前に最後のショーを行ったのもこの場所でした。

コンコルヂア広場は、市民の大規模なデモや、労働条件の改善を求めて闘う工員たちのデモの舞台でした。このような際には、治安維持軍の騎馬隊が催涙ガス弾を放ったり、棍棒で殴打したり、さらに時には発砲までしました。デモの参加者は逃げ走り、馬が踏んで足を取られるように、コルクの栓やビー玉を地面に投げたりしたものでした。

ブラースの町で

21 映画館

　この地区にはたくさんの映画館がありました。ヒアウト、ブラース・ポリテアマ、サン・カエターノ、ホキシ、そして千以上の席を備え、入り口のロビーに「ここは南アメリカ最大の映画館です」という看板を掲げたピラチニンガがありました。また、昼間の興行中に悲劇の舞台となったオベルダン。誰かが「火事だ」と叫んで、多くの人が将棋倒しになって亡くなったのです。さらに天井が開くウニベルソ。夏の夜には、観客は星空の下で映画を観ることができました。

　コリノス小劇場のゴルドとマグロ以来、私はすっかり映画の魅力の虜になり、昼間の映画以上の楽しみに出会ったことがありませんでした。もちろん気球を捕まえることは別ですが。当時、日曜日には子どもたちは自分たちだけで映画館に行ったものでした。その時間帯には、二つの長編映画と探偵シリーズが上映されていました。それらは、いつもレインコートを着ていたディック・トレイシー 1) と、愛情を込めて「第1号」と呼んだ一番上の息子とともに常に中華街の陰謀に巻き込まれるチャーリー・チャン 2) の映画でした。

　ターザンや、白馬トリッガーに乗ったロイ・ロジャーズ 3)、ティム・ホルト、バック・ジョーンズ、ロッキー・レーン 4)、友だちのトントと馬のシルバーを伴ったゾロ 5)、その他の、腕っぷしが強く早撃ちの正義の味方が主人公の西部劇も上映されていました。多くは短いエピソードごとに上映される連続もので、次の日曜日に続きが見られまし

た。

　西部劇が始まると、子どもたちは歓声を上げ、映画館が崩れ落ちんばかりに床を踏み鳴らしました。その後、通りでは、おもちゃの拳銃を手にし、空想の馬にまたがって、家畜泥棒を追跡して近所を回り、友だちの家の庭に入りこんだのです。そこは導火線がパチパチするような音と母たちの叫び声が交錯する世界で、迷惑とばかり私たちは通りへと追い出されたものでした。

　アナおばあちゃんの親戚の一人がシネ・ヒアウト映画館の支配人で、いとこや私をこっそりとただで入れてくれました。そんなある日、刑務所を舞台にした白黒映画を観たのです。脱獄を企てた囚人の一団と、彼らに敵対する他の囚人たち。私はその物語に魅了されて、その夜は眠れないほどでした。そしてその後何日も、私は通りの友だち皆にその映画について語ったのでした。

　監獄映画の魅力に取りつかれていた私は、後年、サンパウロのカランジルというブラジル最大の刑務所でボランティア医師として働くことになりました。初めて監獄に足を踏み入れ、鉄の扉が背後でバタンと閉まったとき、あのヒアウト映画館で感じたのと同じ寒気が背筋に走るのを感じたのでした。

ブラースの町で

22　焚き火

　そのころ、父は町の中心部にあるブラジル総合採掘会社の事務所で一緒に働いていたゼニウダと交際を始めました。日曜日には、私たちはヴィラ・マリアーナの彼女の家に昼食に行きました。彼女はえんどう豆とチーズとハムの入ったごはんのオーブン焼きを作ってくれたものでした。

　そんな訪問のあるとき、彼女にいとまを告げ、私は父と二人だけでバスで帰りました。そのとき、父は、彼女の両親が住む家と同じ通りの庭のある家を買うつもりだと告げました。何年も独身でいたけれど、再婚して、フェルナンドを呼び寄せて一緒に住まなければ、と言ったのです。家族揃ってブラースを出るという夢を実現させることに、父は幸せそうでした。

　10歳だった私は、友だちとの、おそらく永遠の別れになるのだという予感がして、町での最後の日々を、彼らとともに、地区の隅から隅まで、存分に味わいました。最後の日、引っ越しの前夜、お母さんたちがお別れの会を開いてくれました。

　私はその会は子どもたちのものだと思っていたのですが、そうではありませんでした。それは忘れられないものでした！　大人たちはテーブルと椅子を歩道に出して、通りの真ん中に大きな火を焚いてくれました。女の人たちはポップコーン、ケンタォン（ホットワイン）、ホットドッグ、キャラメルを作り、男の人たちはさつまいもとイワシ

をポルトガル風に炭火で焼きました。子どもたちのために炭酸飲料ま
で買ってきてくれたのです。その夜、私は初めてコカコーラを飲みま
した。そして私はみかん型の気球を放つ役に任命され、それは黒く光
り輝くタールのようなしずくを滴らせながら夜空へと上っていきまし
た。そのあと、みんなは大きなケーキを切って、まるで私の誕生日で
あるかのように、「おめでとうの歌」1)を歌ってくれたのです。

　焚き火は夜遅くまで燃えていました。

　翌日、父は教会で結婚し、私たちは真新しい家に引っ越しました。
そこには父が言ったとおり庭があり、彼はそこに色とりどりのバラと、
一株の白いツバキと、もう一つは香りのよいクチナシを植えました。
弟は私たちと一緒に住むことになり、妹マリア・アウレーリアが生ま
れたのです。

　父は一生懸命に働き、日曜日には植物の世話をし、昼食を作り、私
が悪い成績をとった時には雷を落としました。妹は歯科医、姉は教師、
そして弟と私は医者になりました。子どもたちが大学に通うのを見る
のは、彼の誇りでした。

　私は何度か、数年長くそこにいた友だちや祖父母、おじたちやいと
こを訪ねるためにブラースに行きました。しかし、むかしと同じ町で
はなくなっていたのでした。

ブラースの町で

ブラースの町で ◆ 用語解説

1　羊飼い

1）ガリシア

　スペインの北西端に位置するスペインの州。スペインでは固有の歴史をも
つ地域として、カタルーニャやバスクなどと同様に自治州を成している。州
都はサンティアゴ・デ・コンポステラ。

　スペインの北西端、ポルトガルの北方に位置するガリシアは、かつてポル
トガルと同じ言語（ガリシア・ポルトガル語）を話していた。12世紀にポ
ルトガルが独立し、ミーニョ川に沿ってスペインとの国境線が引かれた後、
それぞれ独立した言語に分離した。このような歴史的な背景からガリシア語
はポルトガル語に極めて類似している。ガリシアは常に貧しく孤立した地域
であり、貧しい農夫はしばしば移住を余儀なくされた。1830年代まで、
その主な目的地はポルトガルであり、ポルトガル人との接触により得られた
情報を通じて、19世紀、ガリシア人のブラジル移住が始まった。

2）カイゼルひげ

　伸ばした口ひげを油で固めて先を上向きにさせたひげをガイゼルひげとい
う。ドイツ帝国の皇帝ヴィルヘルム2世（在位1888年〜1918年）が
このひげを好んだことからこのように呼ばれている。カイゼルはドイツ語で
皇帝を意味する。スペイン人の画家サルバドール・ダリのひげがこの形で
あった。

3）サン・ベント修道院

　サンパウロ市内中心部にある400年以上の歴史を持つ修道院。1598年
にサンパウロに到着したベネディクト修道会により構想され1634年に建

77

設された。

　現存する建物は建築家リカルド・ベルンティの指示の下で 1922 年に完成したものであり、修道院が最初に構想された 17 世紀のゲルマンの建築様式の特徴がよく表れている。巨大な時計は、サンパウロでもっとも正確とされる。内部の多くのフレスコ画や壁画は、ベルギー人のベネディクト会修道士アデルベルト・グレスニヒトによるものである。

　生活に必要なものは院内にて賄われ、ブラジル最初の哲学大学および高校を併設している。現在ではサンパウロ有数の観光地となっている。

2　消防士

1）トラス・オス・モンチス

　日本ではトラス・オス・モンテスと表記されることが多い。縦長の長方形状であるポルトガルの北東端に位置し、スペインと国境を接している。トラスは「後ろ、背後」を意味し、オス・モンチスは「山々」を意味する。その名の示すとおり深い山間に位置する同地方は冬場には積雪するなど温暖なポルトガルの中でも特徴的な地域である。人口も希薄であり、現在、ますます過疎化と高齢化が進行している。

2）マシャド・デ・アシス

　ジョアキン・マリア・マシャド・デ・アシスは 1839 年 6 月 21 日リオデジャネイロで生まれた。アシスの父親は黒人と白人の混血であるムラートのペンキ職人で、母親はポルトガルのアゾレス諸島出身で洗濯女であった。家庭は大変貧しく、さらに自身もムラートであったため人種差別や偏見に苦しめられた。母親はアシスがまだ幼いころに亡くなり、父親は再婚し継母のもとで育った。そして父親も亡くなり生活は困窮を極めた。それでアシスは菓子を売ったり教会の仕事を手伝いながら家計を助けた。その教会で幸いにも神父からラテン語を学ぶ機会に恵まれた。またアシスと同じ地区でパン屋を営むフランス系の女性と知り合い、そこの会計係をしながらフランス語を学んだ。1856 年にアシスは小説家アントニオ・デ・アルメイダの印刷所

の見習い印刷工として出発し、新聞記者、編集者などを経て、1864年には処女詩集『さなぎ』を発表し、本格的に文芸界に登場した。1867年には官吏の道へと転身した。これはアシスが文芸活動を続けていく上で、経済的な安定を必要としたからであった。1869年はアシスにとって人生の大きな節目であった。ポルトガル人の詩人の妹カロリーナ・デ・ノヴァイスと結婚したのである。しかしカロリーナとの結婚生活には障害があった。人種差別や偏見などがうずまく当時の社会では、アシスがムラートであるという人種的な出自が大きな障害となってカロリーナの家族が二人の結婚を認めなかったからである。しかしながらそのことでかえって二人の間の信頼が深まり、1904年にカロリーナが亡くなるまで、幸せな生活を送ったのであった。

　1870年代には詩集をはじめ、『復活』『手と手袋』『エレーナ』の長編小説を発表した。1881年、アシスの大傑作の一つといわれる『ブラス・クーバスの死後の回想』を上梓した。そして1896年にはブラジル文学アカデミーの設立者の一人となり、初代会長に就任した。1899年にはアシスの最高傑作といわれている『ドン・カズムーロ』、1904年には『エサウとヤコブ』を発表した。1908年にアシスの最後の作品となった『アイレスの覚書』を公刊した。この年の9月2日にこの世を去った。

＊参考文献）田所清克・伊藤奈希砂『社会の鏡としてのブラジル文学』国際語
　　　　　学社、2008年

3）エサ・デ・ケイロス

　エサ・デ・ケイロスは1845年11月25日にポルトガル北部の海沿いの町ポヴォア・デ・ヴァルジンで生まれた。1861年、16歳でコインブラ大学法学部に入学し、5年間を過ごした。大学卒業後はリスボンで弁護士として活動を始めた。その一方でガゼッタ・デ・ポルトガル紙に評論を連載した。1869年、スエズ運河開通と同時に東洋への旅に出た。帰国後、旅行記や短編小説を新聞に発表した。1870年、レイリーア郡知事に就任。1871年にラマーリョ・オルティガンとともに『ファルバス』を発表。1872年、スペイン領だったキューバのハバナ領事に就任。1874年にはイギリスのニューカッスルの領事として着任した。このニューカッスル時代

用語解説

に活発な創作活動を展開した。1878年、ブリストルへ異動となった。イギリス滞在中は、経済面、健康面で苦しんだが、ディケンズ、ジョージ・エリオットなどのイギリスの作家から小説の新しい構成方法を学んだ。1886年、幼馴染のエミリア・レゼンデと結婚した。1888年、パリ領事に任命される。1900年8月16日に54歳でこの世を去った。代表作は『アマーロ神父の罪』『逝く夏』『大官を殺せ』。

＊参考文献）エサ・デ・ケイロス（彌永史郎訳）『縛り首の丘』白水社、2000年

4）ボカジ（またはボカージェ）

フルネームはマヌエル・マリア・バルボサ・ドゥ・ボカージェ（1765～1805）。ポルトガル、セトゥバル出身の詩人。

ポルトガルに定住したフランス人船員の子孫。14歳で陸軍に入り，16歳のとき海軍に移ったが，リスボンの王立海軍兵学校に在籍中文学の道に入り，ボヘミアン的生活をおくった。1786年インド行きの船に乗り、中尉に昇進したが、マカオへ逃亡、90年リスボンに戻り、新アルカディア派に加わったが、まもなく脱退。97年、共和主義と無神論を宣伝したかどで投獄された。晩年は病気と貧困のなかで文筆生活をおくり、胸を病み40歳で死んだ。

ソネットと風刺詩に優れ、とくにソネットでは、カモンイス、ケンタールとともに三大詩人といわれる。

5）塩ダラ

タラの塩漬けの干物。9世紀ヴァイキングたちはタラを日に干して乾燥させ航海の食糧にしたが、やがてバスク人の製塩技術により塩漬けにしてから干されるようになる。タラは脂肪が少ないため塩が浸透しやすく、また干すことで重量も減り、保存に適していた。塩ダラは、冷凍技術がない時代の長期間の船旅における重要なタンパク源となり、大航海時代をも支え、製塩技術の発展とともにヨーロッパ各地に広まった。カトリック文化圏では鳥獣の肉を食べることを禁じる期間の食材として、重要な役割を担った。

ポルトガルは乾燥した気候と良質な天日塩に恵まれ、タラの塩蔵加工に適

しており、塩ダラは「誠実な友」と呼ばれるまでの国民的な食材となった。
また一年間毎日違う塩ダラ料理が食べられるといわれるほど多様な料理法が
ある。

　ブラジルではポルトガル人の入植により普及した。第二次大戦までは安価
な食材であったが、戦後、価格が高騰した。イースターやクリスマスの時期
の食事にも欠かせない。

3　エンヒッキ・ヂーアス通りの家

1）原爆

　原爆の爆発時の閃光と直後に起きた爆風を「ピカドン」と表現した。この
ピカドンにより、広島でも長崎でキノコ雲が生じて、その後黒い雨が降り注
いだ。閃光は原爆つまり原子爆弾が核爆発を起こした時に生じたものであり、
その際局所的に強い上昇気流が外気を巻き込みキノコ状の構造を形成した。
そして時間の経過につれ次第に冷却していった。蒸発した大量の水分が、大
量のちりや放射性物質を含む黒い雨となって、広島では主に北西部を中心に
激しく降り注いだ。この黒い雨は強い放射能を帯びていたので、この雨を直
接浴びた人々に、脱毛、歯茎からの出血、急性白血病による大量の吐血など
の急性放射線障害を引き起こした。大火傷、大けがを負った被爆者たちはこ
の雨が放射線物質を含む有害な物とは知らないで、喉の渇きをいやそうと口
に含んだという。

4　小鳥たち

1）コリンチャンス

　サンパウロ市に本拠を置くサッカーチーム。1910年同市内ボン・ヘチー
ロで労働者の若者たちによって設立される。当時ブラジルに遠征し、強さを
誇ったイギリスのサッカーチーム、コリンシアン（「コリント人」の意）か
らその名をつけた。チームカラーは黒と白。愛称はチマン（「偉大なチーム」
および「船の舵」の意）で、かつて移民や船員のファンが多かったことから、

用語解説

エンブレムには錨が描かれている。ブラジルのみならず、南米を代表するチームで、クラブワールドカップで優勝した経験を持つ。

2）ペルシャの市場にて

　イギリスの作曲家アルバート・ケテルビー（1873 〜 1959）による管弦楽曲。彼は具体的な場所や情景が目に浮かぶような「描写音楽」を数多く残しており、その代表作がこの「ペルシャの市場にて」である。ペルシャ（今のイラン）の市場の喧騒の中を行くイメージを音楽化しており、中東の景色を情緒的に描いている。

5　食料雑貨店

1）スコパ

　イタリア人移民がブラジルに持ち込んだとされるトランプゲームで、現在でもサンパウロ州を中心に人気を保っている。複数人でプレーするが、形態やルールに地方や国ごとにヴァリエーションが見られる。ブラジルでは人数は通常二人か三人（四人のこともある）で、15のスコパと呼ばれるルールで行われている。

6　イタリア人たち

1）イタリア語の成立

　イタリア国家が形成された 1860 年以前は、シチリア王国、ナポリ王国、サルデーニャ王国、教皇国家、トスカーナ大公国などの諸国家が特有の民族、文化、言語を持っていた。政治的統一後、公立学校の設置や徴兵制度が共通言語の普及に貢献したものの、当時の非識字率はきわめて高く、共通のイタリア語に接する機会はほとんどなかった。同じイタリア人移民であっても地域間の話し言葉の違いは大きく、それぞれの言葉で意思の疎通を図ることは困難であり、出身地域が異なる者たちの会話では、奇しくもイタリアの共通言語やそれぞれのイタリア語方言の影響を受けたポルトガル語が用いられた。

2）バイーア女性

　バイーアとはブラジル北東部の一つの州名を指すが、その州都であるサルヴァドールの別称でもある。そしてバイーア出身の女性をバイアーナというが、バイアーナのイメージはアフリカ系の女性である。彼女たちはアフリカから奴隷としてブラジルへ連行された黒人の子孫であり、奴隷解放後はブラジル国内で労働の担い手として産業の盛んな土地へと移住した者も多い。典型的なバイアーナは白色を基調とした裾の広いドレスと頭にはターバンのような帽子、そしてきれいなアクセサリーを身に付けている。その立ち振る舞いには親しみと同時に威厳が漂う。

7　ドナ・アウグスタ

1）バンドリン

　マンドリンに似たブラジルの小型の弦楽器。同じ音の2本の鉄弦4組、計8弦の複弦楽器。マンドリンは背が碗型であるのに対しバンドリンは背板が平らである。

　これらはアラブ文化圏のウードと呼ばれる弦楽器が変遷したものと考えられている。ヨーロッパ各地に拡散するにつれ場所によって形や名前を変え（イタリア語ではマンドリンと呼ばれる）、ポルトガル式の梨型で背板が平らなものが、ポルトガル人のブラジル入植とともにブラジルに伝わった。現在ブラジルで普及しているものは、ポルトガルギターの影響を受けて、より幅広で丸みのある形状をしている。

　ブラジルのショーロ（小編成の合奏による即興性の高いポピュラー音楽）においては、ギター、カヴァキーニョ（ウクレレに似た弦楽器）、フルートなどとともに欠かせない存在で、バンドリンは主にメロディーを担当する花形である。

2）イタリアの南北問題

　北部、中部のイタリア人は、カンパーニア、カラーブリアなど南部に対し、しばしば優越的な感情を抱いている。この意識はイタリア統一直後より存在

用語解説

している。主力産業が集中する北部に対し、南部は社会的・経済的に未発達であり、南部がイタリア全体の発展の妨げになっているという言説は現在も有力である。北部はアーリア系、南部は地中海系という人種的な相違が指摘されることもある。

8　気球

1）6月の祭り

　聖ジョアン・バチスタの日（6月24日）を中心に、聖アントニオの日（6月13日）と聖ペドロの日（6月29日）も併せて祝うブラジルの祭り。

　ローマ神話の女神ユーノーを崇め、夏至の時期に収穫の始まりを祝う、中世のヨーロッパの祭りに起源を持つ。カトリックの勢力の拡大によりキリスト教化されたものが、ポルトガル人の入植によってブラジルにもたらされた。

　南半球の冬至祭と結びつき、ブラジル北東部および内陸部で盛んである（特にカルアルとカンピーナ・グランヂの2都市）。火の聖人・結婚の聖人・雨の聖人に感謝し、小旗を飾り、破れた麦わら帽子に格子柄のシャツなど田舎風の衣装を着て、トウモロコシを使った料理を食べ、クァドリーリャと呼ばれるフォーク・ダンスを楽しみ、夜は火を焚いて祝う。かつては熱気球を飛ばす習慣があったが、現在では火事の危険があるため禁止されている。

9　結婚指輪

1）筋強直症候群

　筋肉の疾患のうち、筋肉が収縮した後、弛緩できず、脱力感を招き、筋の収縮状態が長く続くことを筋強直といい、筋強直が持続する疾患を筋強直症候群と呼ぶ。著者の母親が罹患したのは筋強直性ジストロフィであると思われる。この病気は遺伝性であり、根本的な治療法がなく、重症になると脱力に加えて白内障や不整脈など多くの他の症状を伴う。30歳前後で発症することが多く、通常は50歳までに死に至る。

10　アウレーリアおばあちゃんの家

1）バーラス・セレソンイス

　バーラスはキャンディの意味。セレソンイスは選抜の複数形を意味するが、単数形で「サッカーのブラジル代表」を表すこともある。このキャンディについていたカードが大人気となり、子どもたちはこぞって購入し、おまけのカードを専用のアルバムに張りつけて遊んだ。カードの種類はさまざまであったが、一番人気はもちろんサッカー選手のカードであった。

　食玩（食品玩具）は、菓子などにつく「おまけ」のことでカードや人形などさまざまである。ときに菓子などの本体よりもおまけのほうを目的に購入されることもあり、「何が出てくるかわからない」と射幸心をあおる。日本でも紅梅キャラメル「巨人軍カード」、カバヤキャラメル「カバヤ文庫」、カルビーの仮面ライダースナック菓子「仮面ライダーカード」、ビックリマンチョコ「ビックリマンシール」などが人気を博した。

11　イザーク先生

1）ハヤトウリ

　ブラジルではシュシュと呼ばれる。熱帯アメリカ原産のウリ科の植物。果実は大人のこぶし大ほどで洋梨のような形である。淡白でくせがなく、利尿作用が高い。世界の温帯全域で広く食されており、ブラジルではサラダ、スープ、グラタン、煮物等、さまざまに調理されるポピュラーな野菜である。

2）ポリオ

　急性灰白髄炎（小児麻痺）のこと。ポリオウイルスが原因となる。経口感染、経気道感染により感染するが、感染したからといって症状がただちに現れるわけではない。このため感染源として気づかないうちにポリオウイルスを他に拡げてしまうことがある。また、感染から運動神経麻痺に至るまで症状には大きな違いが現れる。ポリオワクチンとして、ウイルスの毒性を完全になくし免疫を作るのに必要な成分だけを抽出してつくられた不活性ワクチ

用語解説

ンである、ソークワクチンとサビンワクチンが使われている。

3）スペイン風邪

　スペイン風邪は第一次世界大戦中の 1918 年から 19 年にかけて世界中に広まったインフルエンザで、患者数は世界人口の 25 〜 30 パーセントと推定され被害の大きさは、今日までの中で最大である。

　ブラジルでは、このインフルエンザは 1918 年 9 月から始まった（本文中は 1914 年になっている）。リスボンからやってきた英国船がレシーフェ、サルヴァドール、リオデジャネイロのそれぞれの港で病人たちを上陸させた。また、同じ 9 月にアフリカの大西洋岸のダカールで兵役を終えたブラジル海軍水兵たちが、病人たちをレシーフェの港に上陸させた。それからわずか 2 週間ほどで北東部の他の都市とサンパウロでインフルエンザが発生し、同年 11 月にアマゾン地域にまで達した。このインフルエンザに関連した死亡者数は約 30 万人と記録されている。

　ブラジル当局は、当時、その原因と治療法が不明のため国民に人々が密集する場所を避けるように勧告するくらいだったが、そのときの共和国大統領ヴェンセラウ・ブラースは、感染症研究の第一人者カルロス・シャーガスを招き、その治療と予防の対策を行った。

12　サッカー

1）サンパウロ FC

　サンパウロ市に本拠を置くサッカーチーム。南米とヨーロッパで世界一を争うトヨタカップ（現在のクラブワールドカップ）で複数の優勝の経験を持つ。サンパウロ市内には、そのほかにコリンチャンス、パルメイラスという世界に名高い強豪チームがあり、常にしのぎを削っている。1930 年にパウリスタノとパルメイラス（現在のパルメイラスとは別チーム）が合併して創設された。チームカラーはパウリスタノの赤と白、パルメイラスの黒を合わせたトリコロール（三色）。本拠はブラジルでも名高い高級住宅街であるモルンビーに位置している。

2）パカエンブー

　サンパウロ市中心部に位置するサッカースタジアム。1940年に竣工。7万人もの収容人員とそのモダンな外観から、当時、サンパウロを代表とするスタジアムとなった。1950年、ブラジルで開催されたワールドカップの会場の一つであり、イタリア代表が登場した際にはサンパウロのイタリア系の人々が押し寄せた。ブラジルでもっとも人気のあるクラブの一つであるコリンチャンスの主要な試合もこのスタジアムで行われてきた。コリンチャンスは2014年にあらたにホームスタジアムを建設し、パカエンブー＝コリンチャンスというイメージは過去のものとなりつつある。同スタジアムは同所の複合スポーツ施設の一部であり、サンパウロ市が運営する。2008年にはサッカー博物館も開設された。

3）ナシオナウ

　正式名はナシオナウ・アトゥレッチコ・クラブ。ブラジルでもっとも古いクラブの一つで、前身はサンパウロ鉄道（サントスとジュンヂィアイを結ぶコーヒー輸出や輸送の幹線）のチームで名称も「サンパウロ・レールウエイAC」であった。愛称は「フェロ＝鉄」に愛称を示す縮小辞をつけた「フェリーニョ」。歴史はあるものの、これまで目覚ましい戦績はあげていない。

4）テイシェリーニャ

　サンパウロFCの歴史に残る名選手。ポジションはレフトウイング。1922年生まれ、1939年にデビュー。1956年にスパイクを脱いだ。サンパウロFCで史上5番目に多くの試合に出場し、4番目に多くの得点を記録した。そのプレースタイルからホーロ・コンプレソール（ロード・ローラー）と呼ばれた。本名はエリズィオ・ドス・サントス・テイシェイラ。

5）マラカナン

　1950年、ブラジルで行われたワールドカップに合わせてリオデジャネイロ市内に建設されたサッカースタジアム。最多観客動員数は約20万人で、長年、世界最大を誇った。1950年、同スタジアムで行われたウルグアイ

とのワールドカップの決勝でのブラジルの敗北はブラジル国民に大きな衝撃を与えた。またブラジルおよび南米全体でももっとも人気のあるサッカークラブの一つフラメンゴのホームスタジアムであり、ジーコが活躍したことでも知られる。その後、何度か改修され、モダンなスタジアムに生まれ変わり、2014年のサッカーワールドカップの決勝やリオデジャネイロ・オリンピックの開会式や閉会式の会場としても用いられた。

6）ゴイアバダ・カスカォン

　グアバの皮を砂糖につけ水分が出た状態で煮たものに、ミキサー等でピューレにした果肉を加えさらに煮つめてジャム状にし、冷蔵庫で固めた、ゼリーのような菓子。ミナス・ジェライス州における伝統的な菓子で、2008年、同州オウロ・プレット市の無形遺産として登録されている。スライスしてそのまま食べる他、ミナスチーズという白いチーズと併せてデザート（「ロミオとジュリエット」と呼ばれる）にしたり、刻んで焼き菓子等に混ぜたりすることもある。

7）氷鬼

　子どもの遊びの一つでもある。「鬼」に触られると「子」は凍ってしまう（つまり動くことができなくなる）というルールがある。ブラジルの子どもの遊びと日本の子どもの遊びはよく似ている。日本でのルールは地域によって違いがあるが、以下の手順で行われることが多い。

1．じゃんけんによって参加者を「鬼」と「子」に分ける。鬼は一人または複数の場合がある。
2．鬼は決められた数を数え、その間に子は逃げる。
3．鬼は子を追いかける。子に触ることができた場合、子は凍った状態、つまり動くことができなくなる。この状態はほかの子に触ってもらうことで解かれる。
4．鬼がすべての子を凍った状態にできたら、ゲームは終わる。
5．再びゲームを始める場合は、前回最初に鬼に触られた子が鬼になる。

13 ジュアニートおじさんと黒いダイヤモンド

1）ポルトゲーザ

　　正式名称は「アソシアサオン・ポルトゲーザ・デ・デスポルトス」。愛称は「ポルトガルの」を意味する「ルーザ」。1920年にポルトガル系の五つのチームが合併して誕生した。1956年にサンパウロがトレーニング用に所有していたカニンデーのグランドを取得、1972年に念願の専用スタジアムを建設した。球団のロゴマークは赤で縁取られた白い盾で、中に緑色の十字が描かれている。

2）愛称・縮小辞

　　本文中の「ジュアニート」は「ジュアン」に縮小辞をつけたもので、ジュアンの愛称（スペイン語読みではフアニート）。

　　縮小辞は元来「小さい」という意味を加えるものであるが、「可憐さ、親愛」などを意味することもある。パッサロ（鳥）→パッサリーニョ（小鳥）、フィーリョ（息子）→フィリーニョ（愛する息子）という具合である。縮小辞はヨーロッパの言語ではしばしば用いられる。とくにポルトガル語やスペイン語の会話ではよく聞かれる。ポルトガル語のさまざまある縮小辞の中で代表的な縮小辞は男性（男性名詞）につけられる「イーニョ」と女性（女性名詞）につけられる「イーニャ」である。ロナウドはロナウジーニョ、パウラはパウリーニャとなる。スペイン語では男性には「イート」、女性には「イータ」が用いられることが多い。

　　ポルトガル語の愛称は、名前を省略したり、縮小辞と呼ばれる接尾辞をつけたりすることが多いが、これらの両方が行われることもある。名前を省略し縮小辞をつける例は「エルベルト」を「ベット」、これに縮小辞をつけて「ベッチーニョ」などがある。

3）レオニーダス・ダ・シウヴァ

　　1913年、リオデジャネイロ生まれのサッカー選手。1932年にデビューすると、柔軟な体を生かしたビシクレタ（自転車）と呼ばれるオーバーヘッ

用語解説

ドキックの名手として名を馳せた。リオデジャネイロの人気サッカークラブ、フラメンゴで頭角を現す。人種差別の激しい中、ペレに先立つ黒人選手として人気を集め、その姿は「黒いダイヤモンド」と呼ばれた。1942年にサンパウロFCへ移籍、サンパウロ市内のルス駅に降り立つと熱狂した1万人のサポーターが歓迎し、肩車で彼をクラブまで運んだ。

14　トラックに乗っかれ！

1）ドイツ人移民

　ブラジル帝国政府とつながりがあったドイツからの移民は、1820年代から始まるブラジルでもっとも古い移民の一つであった。ブラジル南部を中心に集団で入植地を開設した。19世紀前半から半ばまで、外国人移民の多くはドイツ人であった。移民の総数ではポルトガル、イタリア、スペインに次ぐ4番目ではあったが、上位3か国の移民に比べるとその数はずっと少なかった。日本人ほどではないにせよ、文化や言語においてもそれらの国々とは差異があり、外国人移民の中でもマイノリティであり、孤立する傾向があった。今でも南部ではドイツ語を用い、ドイツの影響を色濃く受け継ぐ町が存在する。

15　約束を守る男

1）マルチネリ・ビル

　サンパウロ市セントロに位置するサンパウロ市最古の高層建築物。ブラジルの建設史上もっとも重要な歴史建造物とされる。

　イタリア移民である実業家グルゼッピ・マルチネリが計画し、ハンガリー人の建築家ウイリアム・フィリンジャーによって建てられた。

　チジョーロと呼ばれる煉瓦とコンクリートの構造体との建築技術による。1929年の完成時には12階建てで、ブラジル第二の高さであったが、1934年には増築により30階、高さ150メートルとなり、当時のブラジル及びラテンアメリカでもっとも高いビルとなった。内装や設備には当時の

最高品質のものを世界から集め、各政党の本部が置かれた。倒壊するのではという噂を払拭するため、マルチネリは自ら最上階に居を構えた。

　1960 年代から 70 年代初めにかけては低所得者層の住居となり荒廃し、エレベーターは止められ、その昇降路にゴミが堆積した。犯罪の温床となり数件の殺人も起こった。

　1979 年、サンパウロ市やイタウ銀行が出資して改装し、市や公的機関の事務所や、商店、展望台をもつ商業ビルとして再開した。

2) 学校の二部制

　ブラジルの現行の教育制度は 1996 年に確立され、初等教育（Ensino Fundamental, 義務教育）は当初 8 年間だったが、2006 年に 9 年間に拡大された。授業は午前、午後の二部、または夜間を含めた三部制で行われ、生徒が各々の事情に応じて学ぶ時間帯を選択できるようになっている。昼食は通常、家庭で取る。ブラジルのみならず、多くの途上国、特に都市部においてよくみられる。背景には家計を助けるために児童が労働に従事していることや、学校や施設設備の不足がある。

3) フェイジャオン

　ポルトガル語で豆類の総称、またはインゲン豆にたまねぎ、にんにく等を加え塩味で煮こんだ料理を指す。ブラジルでは毎日のようにこれをご飯にかけて食べる。日本のご飯と味噌汁のような、ブラジルの国民食ともいうべき存在であり、各家庭にそれぞれのレシピがある。ポルトガル語で「フェイジャオンとご飯」といえば「日常的、基本的なこと」を意味する比喩になるほどである。植物性タンパク質や繊維質が豊富に含まれる。

4) パッポス・ヂ・アンジョ

　ポルトガルの特徴的な菓子。「天使の頬袋」の意。泡立てた卵黄を小さな容器に分け入れて蒸し焼きにし、甘いシロップに漬けたもの。

　18 世紀から 19 世紀にかけて、ポルトガルはヨーロッパ有数の卵の産地であった。卵白はワインの浄化や洋服の糊付けに消費されたが、卵黄は大量

用語解説

に余り、家畜の飼料にされたり廃棄されたりしていた。修道院は卵黄を修道士や周辺地域の人々の食料に利用したが、それでもまだ余った。修道院では、その卵黄を当時ポルトガルの植民地で豊富に生産されていた砂糖とともに使用して、さまざまな菓子を考案した。それらの菓子にはカトリック信仰に名の由来を持つものが多くみられる。

修道院から周辺の村の女性たちへと伝わったこれらの菓子は、やがて多くの村の財源となり、大都市のレストランの関心を呼び、さらに国外へと伝わった。

16　自由

1）トリコロール

サンパウロFCのチームカラー。先住民の赤、アフリカ系の人々の黒、ヨーロッパ人移民の白の三色のこと。サンパウロの州旗と同じ色をしており、州旗が禁じられたヴァルガス政権期、スタジアムで旗を振り「サンパウロ」と口々に叫ぶことで政権に対する抗議を示した。

2）パルケチーナ・ワックス

キミカ・ドゥアス・アンコラス社の床用ワックス（同社は後にレキット・ベンキーザー社の傘下に入る）。ブラジルロウヤシの蜜蝋とパラフィンを主成分とする。容器の丸い缶にはベルボーイ姿でモップ状の履物をはいたキャラクターが描かれていた。1950年ごろのサンパウロの住居では、その台所や食堂等に、セメントの上に赤い粉を散布した深い赤色の床が多くみられた。これにパルケチーナの赤いワックスを塗り、鉄製の重いブラシのような道具で磨いて光沢を出した。子どもの仕事とされることも多かったようだ。

17　枝の主日

1）枝の主日

キリスト教の祝祭日には、クリスマスや復活祭のようによく知られている

宗教行事があるが、「枝の主日」はこの復活祭につながる祝祭日であり、復活祭の直前の日曜日に行われる。この祝祭日は、イエスがロバにまたがりエルサレムに入城したときに、民衆がナツメヤシの枝を手に持ち、迎えたことを記念したものである。この日は国や地域によって違いがあるようだが、子どもたちは新しい洋服を着て新しい靴を履いて行進に参加する。「しゅろの日曜日」とも呼ばれ、教会でのミサの後、祝福を受けたしゅろの葉（中近東ではオリーブの枝）が、各家庭に一年間の「お守り」として供えられる。

＊参考文献）石黒マリーローズ『キリスト文化の常識』講談社、1994年

2）マーキュロクロム液

通称「赤チン」として知られている。同じように殺菌・消毒の目的で使われる希ヨードチンキが茶色なのに対して赤いことから名づけられた。この赤チンの商品名がマーキュロクロム液である。本商品はメルブロミンの水溶液で暗赤褐色の液体であり、メルブロミンは有機水銀二ナトリウム塩化合物である。日本では製造過程で水銀が発生するという理由から1973年頃に製造が中止されている。第二次大戦直後に生まれた団塊世代は小さい頃、ちょっとしたけがや傷口に赤チンを塗ったものだ。家庭の常備薬の一つであった。

18　夕涼み

1）マンイ・ダ・フーア

子どもの遊び。地面に2メートルほどの間をあけて平行に2本の線をひく。子どもたちのうちのひとりがマンイ・ダ・フーア（道の母：鬼）として線の内側に立ち、それ以外の子どもが2チームをつくり、それぞれ線の外側に分かれ、鬼につかまらないように相手側へと走って横断する。捕まらず残った者の多いチームが勝ち。

2）ムッソリーニ

ムッソリーニの死については多くの謎に包まれていて、1945年から今日まで数多くの推測が出されたが、依然として真相解明には至っていないと

用語解説

いう。したがって本文中のニコラさんの話は一つの推測の域を出ないものと考えられる。イタリアの歴史上の人物としてのムッソリーニに関しての書籍が多く出版され、人々の関心も高いものがある。日本では 1960 年にチャールズ・チャップリンの監督・主演映画「独裁者」が公開され、二人の独裁者が登場するが、一人はヒンケルでナチス・ドイツのヒットラーを、もう一人はナポロニでイタリア首相ムッソリーニをイメージさせるものだった。この両者によって枢軸陣営が形成され、ヨーロッパ全土をはじめ世界の国々を巻き込んだ第二次世界大戦に拡大していったのである。

19　コリノス小劇場

1) ゴルドとマグロ

　アメリカ映画のドタバタ喜劇の二人組。ゴルドは「太っちょ」、マグロは「やせっぽっち」の意味。日本でもデブとチビの極楽コンビとして知られた。シルクハットと蝶ネクタイがトレードマーク。ゴルドを演じたのはオリヴァー・ハーディ、マグロを演じたのはスタン・ローレルでローレル＆ハーディというコンビ名で名高い。二人の作品は、1920 年から 1940 年代にかけて世界中の映画館で上映され、人気を博した。彼らの映画は当初は無声映画（セリフは字幕で表現する）で、その後はトーキー（現在のように音声を伴った映画）で製作された。

2) カンポス・エリズィオス

　サンパウロ市中心部のセー広場の北西 2 キロメートルほどに位置する地区の名前。世界でもっとも美しいとも称されるパリのシャンゼリゼ（Champs-Élysées）通りからその名を取った。エリズィオスは、ギリシャ神話で極楽浄土を意味するエリュシオンのポルトガル語訳。19 世紀末に開発され、その後、コーヒーで巨万の富を得た農場主の邸宅が立ち並んだ。1915 年には同地区に位置するカンポス・エリズィオス宮殿にサンパウロ州庁および知事公邸が置かれた（1965 年モルンビ地区のバンデイランテス宮殿に移転）。その後のコーヒー景気の衰退とともに同地区の様相も変化した。

3）コリノス社

　練り歯磨きを製造したアメリカの企業。1917年に初めてブラジルに同社の製品が輸入された。かつて炭酸飲料といえばコカコーラ、自動車といえばフォルクスワーゲン、練り歯磨きといえばコリノスがその代名詞であった。ことほどさようにブラジルでは人気があったが、1990年代末にアメリカ企業のコルゲート・パーモリーブ社に買収され、その名は歴史とともに忘れ去られつつある。現在では練り歯磨きと言えばほとんどの人がコルゲートを想起するという。

4）ロイロ（金髪の白人）

　多人種が共存するブラジルでは、肌の色やその外観の特徴を示す語が数多く存在する。白人、黒人、先住民や黄色人（アジア人）などは言うまでもなく、白人と黒人の混血を意味するムラートや、そのほか先住民と黒人、先住民と白人の混血などを意味するカフーゾやマメルーコなどの語も用いられる。これらの語には意味の厳密な限定が存在せず、人種の認識は個人の属性や社会的地位によってもさまざまであるため、かなりあいまいに用いられている。ブラジル国民はあらゆる人種が平等に共存することを誇っていたものの、白人を頂点とする目に見えない人種関係は確実に社会に存在していた。「金髪」を意味するロウロまたはロイロ（女性はロウラまたはロイラ）はブラジル社会における「よい見た目」を含意する語の一つである。

20　文化のコントラスト

1）森の道

　これは「森の道」（La strada del bosco）という曲の一節。一般に歌われている歌詞とは少し異なる。古い方言が用いられているようだ。意味は「森の道にいらっしゃい。私はあなたの名を知っている」。この曲はイタリアのポピュラーや映画音楽の作曲家として知られているチェザーレ・アンドレア・ビクシオの作品である。ビクシオは1896年にナポリで生まれた。14歳の時に「16歳」というナポリターナ（ナポリ語の歌謡曲）を作曲して知ら

用語解説

れるようになった。1924 年にミラノで音楽出版社を設立した。自作をはじめ才能の豊かな作曲家による数多くの作品を世に出した。ビクシオはイタリアのトーキー映画の幕開け時に活躍し、当時の映画音楽の第一人者になった。トーキー映画最初の主題歌「愛のカンツォーネ」(1930 年)、第 2 作「マリウ愛の言葉を」(1932 年)をはじめ、「生きる」「トルナ・ピッチーナ」(1937 年)、「風に贈るわが歌」(1939 年)、「マンマ」(1941 年)などの映画から名曲が生まれた。これに続き、本作品「森の道」(1943 年)、そして「歌いたければ歌って」(1947 年)が発表された。今でも多くの曲が愛唱されている。

＊参考文献）淺香淳編『新訂　標準音楽辞典（トーワ）』音楽之友社、1991 年

2) パガニーニのコンチェルト

　ニコロ・パガニーニ（1782 ～ 1840）はイタリアのヴァイオリニストであり作曲家。ヴァイオリンの超絶技巧奏者として名を馳せ、「彼の演奏技術は、悪魔に魂を売り渡した代償として手に入れたものだ」と噂された。作品はその名人芸を誇示するものでいずれも難曲である。演奏技術の流出を恐れて楽譜を公開せず、死の直前に大部分の楽譜を焼却してしまった。そのため、現存の楽譜の多くは彼の演奏を実際に聴いた者が譜面に書き起こしたものだという。

　コンチェルト（協奏曲）とは一般に、独奏者と管弦楽のための器楽曲を指す。パガニーニのヴァイオリン協奏曲は 12 曲あったと言われているが、現存するのは 6 曲である。

　第 5 番はヴァイオリンの独奏部分のみでオーケストラパートはない。完成前にパガニーニが死亡したためといわれる。

　ヴァイオリン協奏曲第 2 番第 3 楽章を主題に、リストが「ラ・カンパネラ」に編曲するなど、彼の楽曲はブラームス、シューマン、ラフマニノフなど数多くの作曲家に影響を与え、それを主題とする変奏曲等の作品が数多く創られた。

3）ショパンのポロネーズ

　フレデリック・フランソワ・ショパン（1810 ～ 1849）はポーランド生まれのロマン派を代表する作曲家。その短い生涯をピアノ曲の作曲に捧げ、「ピアノの詩人」と呼ばれる。ポーランドは歴史上他国からの侵略を受けることが多く、彼の強い愛国心は、その作品の「マズルカ」、「ポロネーズ」に顕著に表れている。

　民族舞曲であるマズルカ、ポロネーズは、いずれも三拍子であるが、マズルカが農民の間に伝承されたものであるのに対し、ポロネーズは貴族の舞曲であり壮麗で祝祭的である。ショパンはマズルカを小品としてまとめていたが、ポロネーズは、民族意識と芸術的美意識とを結実させた規模の大きな作品として仕上げている。彼は生涯で 18 曲のポロネーズを作曲、うち 16 曲はピアノ独奏曲であり、「英雄」「幻想」「軍隊」などの人気が高い。

4）ガラナ

　ブラジルでの発音は「グァラナ」。アマゾン川流域を原産とするつる性植物。またはその植物の実を利用した、カフェインやカテキンを多く含む炭酸飲料。本文中ではこの炭酸飲料を指す。

　植物ガラナは、アマゾンの先住民たちによって古くから薬用品・滋養飲料として利用されていた。1921 年にアンタルチカ社がガラナ飲料を「ガラナ・シャンパーニュ」として商品化し、他の企業もそれに続いた。これがブラジル中に普及しブラジルの国民的ソフトドリンクとなった。現在、世界で 4 番目に多く消費される炭酸飲料といわれている。

5）シャンパーニュ・ビスケット

　16 世紀、イタリア出身のフランス王妃カトリーヌ・ド・メディシスの料理人らによって作られ、フランスのシャンパーニュ地方で発展したとされる。細長い形で、主な材料は卵、小麦粉、砂糖で、シャンパンは入っていない。卵白を固く泡立てたもので食感は軽い。

　シャンパーニュ独特のものは食紅でピンク色に色づけられ、表面にグラニュー糖をまぶし、シャンパンに浸して食べるようだ。

用語解説

ブラジルの有力な菓子ブランドの一つであるバウドゥッコ（現在のパンドゥラッタ・アリメントス社）は、1950年にイタリア移民によりブラースの町で創業した。イタリアから持ち込んだレシピで作られたパネトーネが評判となった同社が、このシャンパーニュ・ビスケットを作り始めたのは1955年頃のことである。

6）コロンボ劇場

　イタリア人とその子孫のグループが土地を購入し、1908年に創設された。パリのオペラ座、ミラノのスカラ座とならび「世界三大劇場」の一つとして名高いブエノスアイレスのコロン劇場からその名を取った。毎年オペラの公演が行われ、ブラース地区の工場で働く男女は一張羅を着込み、観劇した。1957年に安全上の理由から閉鎖され、1966年に火災が発生し、その後、取り壊された。

7）ティート・スキーパ

　1889年にイタリアで生まれ、1965年ニューヨークで死去した伝説的なテノール歌手。軽妙で美しい歌声が人気を博した。二十代半ばから海外でも活躍。ブエノスアイレスのコロン劇場でも公演を行った。後にアメリカに転進。第二次世界大戦中はイタリアのファシスト政権に協力したことから、戦後の数年間は目立った活躍ができなかった。その後、再び人気を博した。

8）カルーソー

　エンリコ・カルーソー（1873〜1921）はオペラ史上もっとも有名なテノール歌手の一人。イタリア、ナポリの貧しい家に生まれる。1902年、ミラノのスカラ座でのイギリスのグラモフォン社のプロデューサーとの出会いを契機に、レコード録音をする。1903年からニューヨークのメトロポリタン劇場での公演の成功と併せてレコードが発売され、その名は世界的に知られるようになった。

　その後アメリカに移住、18年間メトロポリタン劇場の看板スターとして活躍し、レコード録音を盛んに行った。レパートリーは、約60作品ものオ

ペラをはじめ、民謡やポピュラーソング約 500 曲と大変幅広く、その輝かしい高音と豊かな声量、優れた演技力で、あらゆる階層の人々の心を摑んだ。「オー・ソーレ・ミオ」（私の太陽）というナポリ民謡を世界中に知らしめたのは、彼の歌唱による。

9) オルランド・シウヴァ

1915 生まれ。1978 年没。ブラジルの国民的人気歌手。リオデジャネイロ出身。

幼少期からギターを始める。3 歳の時に父が亡くなり、彼は工場や配達の仕事をして家計を助けていたが、路面電車から降りる際に事故で足の指 2 本を切断するけがを負う。

18 歳で、当時の大スター、フランシスコ・アウヴィスの目に留まりラジオ番組で紹介されたことを機に、ブラマビールのラジオ CM を録音するなど歌手として活動を始め、1937 年には「キスしたくちびる」が大ヒット、また翌年には「カリニョーゾ」と「ホーザ」の 2 曲が国民的大ヒットとなった。ブラジルでもっとも美しい声の歌手であると言われ、当時の大統領ヴァルガスも彼のファンであったとされる。

その後多くのヒット曲を出し、「大衆の歌手」と称され、同名のインタビュー映画も作られた。「ボサノヴァの神様」といわれるジョアン・ジルベルトをはじめ多くの音楽家に影響を与えた。

10) イザウリーニャ・ガルシア

1923 年生まれ。1993 年没。ブラジルの国民的女性ポピュラー歌手。「ブラジルのエディット・ピアフ」と言われる。15 歳でオーディション番組で 1 位になったのを機に、サンパウロのラジオ局「ラジオレコード」と契約し歌手としての活動を始める。50 年以上の歌手生活で 300 曲以上をレコーディング。「メンサージェン」（1945 年）、「ヂ・コンヴェルサ・エン・コンヴェルサ」（1947 年）の大ヒット曲があり、数々の賞を獲得している。

サンパウロのブラース出身で生涯サンパウロに住み続け、イタリア移民のなまりを隠さなかった。

用語解説

叔父は有名な画家ジョゼ・パンセッチである。

11）フランシスコ・アウヴィス

　1898年生まれ。1952年没。20世紀前半のブラジルでもっとも人気の高かった歌手の一人。リオデジャネイロ出身。両親はポルトガル移民。「歌声の王様」の異名をとる。

　タクシーの運転手をしながら歌手活動を始める。1927年にブラジル初の電気技術によるレコードの録音をし、その後の4年間で400曲以上を録音、1920年代終わりには誰もが認めるトップスターとなる。1939年にはアリ・バホーゾの名曲「ブラジルの水彩画」の最初のレコード録音をしている。ノエル・ホーザやマリオ・ヘイスらとともにサンバの全盛期を築いたが、サンバだけでなくさまざまなジャンルの曲を歌った。慈善事業にも熱心で、本文中にあるサンパウロのコンコルヂア広場での公演で聴衆に子どもたちへの支援を呼びかけた後、リオへ戻る際、自動車運転中にトラックと衝突し、炎上した車内で死亡した。

21　映画館

1）ディック・トレーシー

　アメリカ人の漫画家チェスター・グールドが生み出したアメリカンコミックのヒーロー。初めて登場したのは1930年代に新聞に掲載された4コマ漫画で、現在でも人気を集める。トレーシーはギャングと闘う刑事であり、トレードマークはトレンチコートに中折れ帽、トミーガン（小型機関銃）をたずさえる。1937年には実写による連続活劇が制作され、その後、長編映画も作成された。1960年にはテレビアニメにもなっている。

2）チャーリー・チャン

　チャーリー・チャンはアメリカの推理小説作家アール・デア・ビガーズが書いた探偵小説の主人公の名前である。ビガーズはオハイオ州ウォーレンに生まれた。ハーヴァード大卒。1907年にボストン・トラベラー紙に入社し、

1913 年に探偵小説『ポルドペイトへの七つの鍵』を発表した。1925 年に中国人探偵チャーリー・チャンが活躍する長編小説『鍵のない家』を発表し、以後に続くチャーリー・チャン・シリーズの幕開けとなった

　日本ではあまり知られていなかったビガーズのチャーリー・チャン・シリーズだったが、近年『最後の事件』『鍵のない家』『黒い駱駝』の邦訳（3 冊とも論創社より）が出版され、新しくチャーリーファンが生まれることであろう。

3）ロイ・ロジャース

　1911 年、アメリカのオハイオ州生まれ。1935 年から 20 年近くにわたって 100 本近くの映画に出演。「カウボーイの王様」の異名を持つ。彼の忠実なる愛馬トリッガーも人気を博した。幼少期は裕福ではなかったが、父の計らいで馬と親しむようになり、牧場でヨーデルをマスターする。成年後、カリフォルニアへ移り、農場で働いていたとき彼の歌とギターが人気を呼び、プロのミュージシャンになる。その後、映画スターに転身した。1988 年にはカントリーミュージックの殿堂入りを果たした。同年没。

4）ロッキー・レーン

　アラン・レーンが芸名で、1946 年、西部劇漫画『レッド・ライダー』の映画化作品に出演した際、「ロッキー」と呼ばれるようになった。1909 年インディアナ州生まれ（1904 年出生説もあり）。1929 年から 1966 年の活動期間に 100 本以上の映画のほかテレビにも出演した。二本立て上映が主流の時代、メインの映画を A 級、もう一本を B 級と呼んだが、レーンは B 級映画の西部劇に数多く出演した。日本でも人気を博した「ミスター・エド」（邦題「お馬のエドくん」）で、主役の馬エドの声優も務めた。1973 年没。

5）ゾロ（ローン・レンジャー）

　ゾロはアメリカ人の作家ジョンストン・マッカーレーが 1920 年に発表した小説の主人公。黒マントにマスクがトレードマークで、何度も映画化さ

れるなど人気を博した。しかしながらブラジルで言うゾロは、ローン・レンジャーを指している。ローン・レンジャーを意味する適切な訳語がポルトガル語で見つからず、同じくマスクをつけたヒーローであるゾロの名を借用したのである。ローン・レンジャーは、1933年、ラジオドラマで初登場。その後、テレビドラマ化され、アメリカ先住民のトントを相棒に、愛馬シルバーにまたがり荒野で活躍するその姿は、世界中を熱狂させた。

22 焚き火

1）おめでとうの歌

　誕生日のお祝いの歌として日本でもおなじみのハッピーバースデー・トゥー・ユーのメロディーに乗せてポルトガル語の歌詞で、誕生日を迎えた人（主役）を囲んで参加者全員で歌うが、歌詞には誕生日という言葉は出てこない。

　　Parabéns pra você　この大切な日に
　　Nesta data querida　おめでとうをあなたに
　　Muitas felicidades　多くの幸せと
　　Muitos anos de vida　人生の長い年月を

　この後で通常は以下の囃子文句が続く。

　　É pique,é pique　エ　ピケ、エ　ピケ
　　É pique, é pique, é pique　エ　ピケ、エ　ピケ、エ　ピケ
　　É hora, é hora, é hora　エ　オラ、エ　オラ、エ　オラ
　　Rá-tim-bum　ハ・チン・ブン

　最後に主役の名前を連呼して盛り上げ、主役がろうそくの灯を消す。

両手を上げて

1 到着

　道の彼方に農場 1）の家が青白く浮かび上がったとき、トラックの
荷台で私の心は喜びにあふれました。大きな町の子どもにとって、弟
と大好きな 5 人のいとこたちとこの場所に到着したことは、どれほど
幸せだったことか！　まして旅の途中の、あのような「出来事」の後
では。
　トラックの中にはジョゼーおじさんとエレーナおばさん（息子たち
であるエヂソン、セルジオ、デッシオと農場に住んでいました）が、
休暇中だったオリンピアおばさんとアデリーノおじさん（オラーシオ
とアントーニオ・カルロスの両親）を横に、ぎゅうぎゅう詰めに乗っ
ていました。荷台の私たちは、へりにしっかり摑まって、トラックが
道の穴にはまってひどく揺れるたびに叫び声をあげました。生きてい
てよかった。私たちは、大人たちが私たちを子どもだけにしたときに
起こりかけた悲劇について、永遠に私たちだけの秘密にすることを決
めていました。もし大人たちが、私たちが経験した危険を知ったなら、
この先ずっと私たちを見張っていようと思ったでしょう。そして私た
ちの一番の望み「大人抜きで自由に遊びまわること」は決してかなえ
られなかったでしょう。
　トラックは最後のカーブで左右に揺れながらも、起伏のある地面の
中、四つの車輪をなんとか保ち、家の前の家畜のいる囲い場の方向へ
しっかりと進んでいきました。半ズボンでズボン吊りを肩から落とし

両手を上げて

105

麦わら帽子を被った少年が、家畜が逃げないよう注意深く門を開け、黒人の女性が格子柄のエプロンで手を拭きながら、その戸口ににこやかに現れました。

　家畜小屋の乾いた臭いが立ち込める中、何十頭もの牛や子牛のあいだを通って、家の前の芝生でトラックは停まりました。私は柵にもたれかかるように近づいて、モォーと訴えかけるように鳴いていた牛の穏やかな目をのぞきこんだのですが、牛が全然目をそらさなかったので戸惑いました。まるで私がその心を見抜こうと思っているのと同じぐらい、牛のほうも私の考えを見抜くことに興味があるように見えました。

　10歳のいとこで、私たちの中で一番体格のがっしりとしたオラーシオが荷台から荷物を下ろし、私たちが食糧貯蔵庫へ運ぶのに追われていたとき、栗色で額に白いあざのある馬が脇のユーカリの並木道を駆けてきました。馬はトラックに近づいて、馬に乗ったひげの男の人が、左手で手綱を引き、右手で帽子の曲がったつばを取って挨拶をしたそのときです。馬が後ろ足で立ち上がり体が高く舞い上がったのです。彼こそが、いとこたちが農場について語っていた話に欠かすことのできない登場人物、暴れ馬の調教師、カウボーイのモアシールに違いありません。まるで映画のように、鞍から落ちることなく馬を後ろ足で立たせることができるその人に、たちまち私は心を奪われたのです。

　私たちは日当たりのよい広い寝室で着替えをしました。部屋には窓の両側にシングルベッドが一つずつ置かれ、大きなわらのマットレスが反対の壁にもたせかけてありました。母の姉であるオリンピアおばさん（そのころ母はすでに亡くなっていました）が説明しました。一番年上のオラーシオが二つのベッドの一つを使い、私の5歳の弟のフェルナンドと同い年のデッシオがもう一つのベッドに、わらのマット

レスには、アントーニオ・カルロス、セルジオ、そして私の、9歳、8歳、7歳という年の近い3人が一緒に寝ることになったのです。

　すべてが片付いた後、半ズボンに裸足、シャツ無しで3人対3人に分かれ、私たちは芝生でサッカーをして、一日の終わりを楽しみました。みんなの中で一番年上のいとこで、すでに13歳になっていたエヂソンがゴールキーパーになりました。相手のゴールはネルソンが守りました。彼は遠い親戚で、小さい子どもたちばかりの中で、エヂソンの仲間として呼ばれてきたのでした。太陽が、燃え尽きようとしている火の球のように、雲をさまざまな色あいの赤色に染めていました。

両手を上げて

2 ボンバでの水浴び

太陽がボトゥカトゥ山脈の向こうに沈むまで、私たちはサッカーに興じました。終わるころには汗だくになり、芝生の上で何度も転んだせいで体が痒くなっていました。突然セルジオが叫びます。
「ボンバで水浴びしよう、ビリはサーカスのうすのろだ！」
　私たちは全力で彼を追いかけました。林の中の道の深い砂地に足を取られながら。私たちの叫び声は巣に帰って眠るばかりだった鳥たちを驚かせたのでした。
　ボンバとは斜面を静かに曲がりくねって流れる小川で、草木の茂みの中でほとんどその姿を隠していました。水は、太い管を通って、私たちが皆入ることができるほどの大きなセメントの水槽へと流れ込んでいました。ズボンを脱ぎ、大騒ぎで、汗だくの体で水に飛び込みました。その後、一列になって、そこで洗濯をしている女の人たちが置いていった黒い石鹸で互いの体を泡まみれにし、また水に潜るのでした。冷たい水できれいになった肌は、なんと気持ちがよいのでしょう！
　私たちは濡れた体でのんびりと家に戻り、台所から中に入って寝室へ着替えに行きましたが、私だけは、マルタの様子に引きつけられて足を止めました。彼女は、私たちが農場の家に着いたとき玄関で迎えてくれた黒人の女性で、そのときはいそいそと薪のかまどに火をつけていました。背後の私に気づくことなく「スラム街の皆が一日の終わりに祈りを捧げるアヴェマリア」と歌いながら。それは1950年に流

行った悲しい曲「モーホのアヴェマリア」[1] でした。

　マルタは何本かの細い枝を束ねて、まるで小屋を作るかのように、かまどの中へきれいに並べました。壁の角から角まで太い紐がぴんと張られていて、かまどの熱で乾かすためにソーセージが吊るされていました。その脇にぶら下がっていたオレンジの皮の中から、彼女は乾いた長い皮を一つ取って新聞紙で包みました。それらを丸めて枝の下に置き、マッチをすると、新聞紙が燃え、台所にオレンジの香りが広がりました。枝はパチパチと音を立てて、かまどの板の下で金色の火花を散らしていました。

　夕食は食堂の長いテーブルに用意され、ランプの光が壁に私たちの影を映し出していました。テーブルの長い両側には一つずつ私たちみんなが座るためのベンチが置かれていましたが、ジョゼーおじさんとアデリーノおじさんは別で、手前側と向こう側に座りました。私たちはおとなしく（当時の子どもたちは食事のときに年長者の話をおとなしく聞くようしつけられていました）、フェイジャオンとごはん、牛肉、フライドポテト、ファロッファ[2]、オレガノ入りのトマトサラダの食事をしました。薪のかまどで作られた料理のおいしさは今でも忘れることができません。

　チーズにグアバのシロップ漬けを添えたデザート[3] のあと、私たちは隣の居間の床のあちこちに寝そべって、ジョゼーおじさんが、行儀よく食事ができたら聞かせてやろうと約束した話をしてくれるのを待ちました。ひじ掛け椅子ではおばたちが、靴下の中に木製の卵の形の物を入れて穴を見つけて繕ったり、息子たちのシャツのボタン付けをしたりしていました。おじはゆっくりとランプの灯りを調節して、不穏な雰囲気を醸し出し、私たちをちょっとからかうために「赤ずきん」のお話を始めたのです。すぐに皆からの不満の声がまき起こりました。

両手を上げて

「そんなのいやだよ、小さい子向けのお話なんて。お化けの話がいい
なあ」
　オリンピアおばさんは兄をとがめました。
「お化けの話はだめよ。後で子どもたちが眠れなくなるわ」
　ランプの薄明かりで顔の半分を照らされて、おじは、本当にあった
物語を話してくれました。それは、何年も前におじがマラニャオンの
田舎を旅した時に出会った老人、ルイース・コエーリョさんから聞か
されたというものでした。

3　ビロ

　ある農家の夫婦に5歳の一人息子がいた。これはその男の子の話だ。その子は、パルナイバ川の岸の泥壁でできた小さな家で生まれた。パルナイバ川はマラニャォン州とピアウイ州を分ける川だよ。

　男の子はいつも寂しそうだった。両親に愛されなかったからじゃない。それどころか、両親の振る舞いの端々には息子への愛情があふれていた。寂しかったのは、毎日一人ぼっちだったからだ。一緒に遊ぶ相手もなく、一番近い家だって何レグア（1レグアは6600メートル※訳者注）も離れていた。他の子どもと出会うのは、村の小さな教会で聖人を讃えるお祭りがあるときだけさ。男の子と母親はロバのテイモーゾ（「強情っぱり」の意）に乗って、父親は歩いてロバの手綱を引いて、3時間かけてそこに行ったんだ。そのときには、男の子は母親が縫った長ズボンをはいて、糊の効いた白いシャツ、革の小さな帽子を身につけ、靴をはいたものだ。それは自由に慣れたその足にとっては、苦痛以外の何物でもなかった。

　ある日、朝日の光が家の天窓に差し込んだ頃、目覚めた男の子は、父親がいつもと違って畑に行っていないことに気がついたんだ。父親はベッドのそばの簡素な椅子に腰かけて、女房にカップのお茶を飲ませようとしていたんだ。男の子は母の顔が熱で赤くなり、弱って苦しんでいることに気づいた。次の日、父親は彼に、急いで一番近い家に行って、母を村に連れていくための荷車を借りてくるように頼んだ。

両手を上げて

男の子は息の続く限りに走ったさ。しかしね、荷車を持って戻った
ときには、もう遅かったんだ。

　母親を亡くして、男の子の毎日はもっと一人ぼっちになってしまっ
た。父親は干した肉とマンヂオッカ 1) を混ぜたフェイジャオンを用
意し、夜が明ける前にヤギの乳を搾り、息子に川に近づかないように
言って畑仕事に出かけていった。男の子は家の周りを散歩し、木に登
って木の実を取り、空想の中の友だちと話をしていた。

　父親は、女房を亡くした悲しみと、一人ぼっちの息子への同情から、
ある雨の日曜日にモンビンの木 2) の幹を切った。それは、背が高く
て軽い質の木で、果汁のおいしい実がなるのさ。素晴らしい腕前でそ
の木に細工を施し、父は、ビロという名の、男の子と同じぐらいの大
きさの人形を作ったんだ。

　ビロは子どもの生活を変えた。寝るのも目覚めるのも、朝食の席に
つくのも、遊びに駆け出していくのも一緒だった。どこへ行くのにも、
男の子は人形をひっぱって行った。二人は見知らぬ場所で冒険し、目
に見えない敵に立ち向かい、荒馬に乗り、笑い、そして時には、母さ
んを懐かしんで一緒に泣いた。

　何日も雨が続いた後のある夕暮れに、父親は、気晴らしに、男の子
を川へ釣りに連れていった。もちろん、ビロも一緒さ。

　雨はすっかり上がっていて、雨季のパルナイバ川の水は勢いよく流
れていた。岸を水浸しにし、そしてまた引いていった。その日は川の
流れはとりわけ激しくて、粘土色の水が木の枝を押し流し、渦を作り
出して急速にぐるぐると回りながら下流へと流れていたんだ。

　農夫は切り立った川べりから、三つの餌を流れの中へと放り投げた。
男の子はビロを岩の間にもたせかけて、人形の両手の間に釣竿を布切
れで縛りつけた。そして人形に向かって「物音を立てて魚を驚かしち
ゃいけないよ」と言って、釣りをするように座らせたんだ。

ビロの釣竿に大きな魚がかかったのは、神様の思し召しだったんだろうか。魚は釣り針が下あごに突き刺さっているのを感じて、流れに任せてものすごい力で泳いだ。釣り糸はぴんと張って軋んで音を立てた。手を釣竿に縛られていたビロは、勢いよく引っ張られて、崖を下って川へと落ちていった。あんまり突然の出来事だったので、釣りをしていた二人が気づいた時には、人形はすでに釣竿にすがるようにして流れの中にいたんだ。

　男の子はそれは悲しんで、父親は、息子が大好きな友だちの後を追って川に身を投げたりしないように押さえつけなければならなかった。その後、夜が来る度、人形恋しさに眠れずすすり泣く息子に、農夫は心を切り刻まれる思いだった。

　ビロは、その夜と翌日も流れの中を引きずられ、夜明けに、岸に倒れたうろのある木[3]の枝が作った渦の中に行き着いた。そこは川の左岸の、十軒の泥壁の家が一列に並んだ集落の前だった。運命のいたずらか、水の流れに押されて人形の足はその木の幹の穴にはまり込んで、水上にすくっと立ち上がり家並みを見つめていたんだ。

　朝早く、一番に水汲みにやってきた女たちが神様が現れたって信じるまでにはしばらく時間がかかった。

「聖人さまだよ」一番年上の女が言った。そして皆、人形の前にひざまずいたんだ。

　すぐに、村中の人々が岸に集まってきた。できうる限りの注意を払って、4人の男がビロを川から引き上げ、集落の中にある、白い十字架のある小さな教会へ運んだんだ。そこは、村人たちがお祈りをする場所で、神父さまが来たときには、結婚式や新生児の洗礼が行われ、ミサに集うところだった。

　聖人がやってきたという知らせは、まるでわらの山についた炎のように広まった。その姿を拝むためだけに、二日間歩いて来た者もあれ

両手を上げて

ば、ロバに乗って来る者もあった。村人たちは助け合って、材木でもっと大きな教会を建てたんだ。そこには、腰掛けと、聖なる守護者のために刺繍を施した掛け布と二つの花瓶で飾られた小さな祭壇が置かれた。土曜日と日曜日にはいつも、遠くからやってきた信者たちが「九日間の祈り」4)を捧げた。信仰のしるしに、女は黒いベールで顔を覆い、男は帽子を手に持って頭を垂れてね。

　村人たちはその出現した聖人に祈願した。畑に雨が降りますように、神様が亡くなった家族たちを天国に導いてくださいますように、そして、命ある愛しい者たちには健康をくださいますように。昔の風習に従って、しばらくすると、信者たちは受けた恩恵への感謝を表すためにもう一度やってきた。色とりどりのリボンや、細工された木片を持ってな。それは、小さな聖人さまの力を借りて病気やけがが治ったことのお礼としてお供えする、悪かった腕や足や頭などをかたどったものだった。

　しばらくたったある日のこと、男の子はロバのテイモーゾから落ちて腕を折った。父親は折れたところに副え木をあて、吊り包帯で固定してやって、そして祈ったのさ。「息子が良くなったら、木で作った腕を持って息子を連れていきます。それを、皆が話している聖人さまへの感謝のしるしに捧げましょう」ってね。

　男の子のけがは良くなって、父親と息子とテイモーゾは三日間の旅をして川岸の村に到着した。それは、聖人が現れた日を祝う年に一度のお祭りの日のことだった。

　二人は、花と、青とピンク色の小旗で飾られた小さな教会へ入っていった。祭壇の聖人の肩からは色とりどりのリボンが吊り下げられ、その鮮やかな色が聖人の白い覆いに映えていた。右手には木の杖を持っていた。

　うやうやしくひざまずく父のそばに男の子も静かにひざまずいた。

そして信心を込めて聖人を仰ぎ見ると、なんということだ！

　呆気にとられて、男の子は、痛悔の祈りを捧げている父を突っついた。返事はない。もう一度突っついた。三度目には、もう我慢ができなかった。

「聖人さまじゃない、ビロだよ、お父さん！　あれはぼくのビロだ！」

　最初によぎった考えは、祭壇には聖人さまなんかいない、ビロだ、川に落ちた木でできたぼくの友だちだ、と叫ぶことだった。リボンや服をはぎ取って、ぼくの人形を家に連れて帰らせてくださいと頼もうと思った。

　そのとき、彼は周りの人々が祈る様子を見たんだ。ベールをした女の人たち、帽子を手にひざまずく男の人たち、像の足元まで這い進んでいる体の不自由な人たち。

「何がビロだって？」

「何でもないよ、お父さん。ぼくのお人形を思い出したんだよ」

　二人は儀式の終わりまで教会の中にいた。皆が出ていった後、少年は父に、お母さんの形見のミサ典書を椅子に忘れたと言って、それを取りに戻った。

　誰もいなくなった教会は、ろうそくの揺れる光に照らされていた。少年は祭壇に続く階段を上がり、人形からリボンをどけて優しく抱きしめて額にキスをしたんだ。

「ビロ、ぼくの小さな聖人さま、ここにいて、きみを必要とする人たちを助けてあげてね。ぼくを助けてくれたように。寂しくなったらいつも、ぼくはきみに祈るよ。さよなら」

　お話が終わるとすぐに、おばたちが火のついた２本のろうそくを私たちの寝室に持っていき、私たちも休みに行きました。アントーニオ・カルロス、セルジオ、そして私の３人が一緒に寝ていたトウモロコシ

両手を上げて

115

のわらのマットレスは、柔らかくて、私たちが寝返りを打つたびに心地よい音を立てました。風が家の裏のイトスギの木の間をヒューヒューと吹いていました。

　弟は今聞いたばかりの話についてまだ何やら言っていましたが、皆疲れていたので、会話はそこで終わりました。すぐに皆眠ってしまいましたが、私だけは眠気と戦って想像しました。もし私の体がビロみたいに一人ぼっちで流れに引きずられていったらどんなに悲しいだろう、と。そして、今生きていて、農場にこれから訪れる素晴らしい毎日を満喫できることを、神様に感謝したのでした。

4 馬

　いちばん先に目覚めたのは私でした。サンパウロの灰色のブラース
の町で生まれ育ち、工場のサイレンと、当時の町に棲みついていた唯
一の鳥であるスズメのピーピー鳴く声に慣れ親しんでいた私は、ニワ
トリの鳴き声と小鳥たちの交響曲に目を覚まさせられました。

　ベッドの中で耳を澄まして、近くでさえずる小鳥たちと、離れたと
ころで同じ調子で応えるように歌っている他の小鳥たちの歌の中か
ら、十以上のさまざまな旋律を聞き分けていました。

　私は静かに起き上がり、歯を磨きに行きました。居間を通りかかる
とテーブルには朝の食事が用意されていて、戸のところではジョゼー
おじさんが囲い場の方を眺めていました。

「カップを持ってついておいで。搾りたてのミルクを飲みに行こう」

　囲い場には、大きなお乳をした20頭ほどの雌牛と子牛たちがいま
した。牛たちの真ん中で、カウボーイのモアシールが黒い雌牛の乳搾
りをしていました。彼は、足が一本しかない小さな椅子に、彼の銀メ
ッキのバックルがついたなめしていない革のベルトで、腰をしっかり
くくり付けて座っていました。慣れた手つきで、両手に一つずつお乳
を摑み、一方そしてもう一方とリズミカルに下に引っ張って搾ってい
たのです。その一連の動作が終わるたびに、たくさんのミルクが泡を
立てながらアルミのバケツの中に噴き出しました。

　乳搾りが終わると、モアシールはもう1頭の雌牛を選んで後足にロ

両手を上げて

ープを巻きつけ、子牛の片方の足を優しく縛ったのです。それは子牛が母親から離れないようにするためでした。

「子牛が近くにいると、母牛は安心して、ミルクが出やすくなるんだ」

彼は、椅子に腰を固定していたベルトのバックルを外すと、ベルトを伸ばして私に差し出し、言いました。

「やってごらん、都会の坊や」

恐る恐る椅子に座りましたが、恥ずかしいことに、私はバランスを崩して後ろにひっくり返ってしまったのです。まったく！　一本足の椅子だなんてふざけたものを！

モアシールは腹を抱えて笑い、あんまり彼が笑うので私もおかしくなってきました。転んで一緒に笑ったおかげで、私たちは友だちになりました。自分の名前すら満足に書けないその人が、それからの毎日の私の先生になったのでした。

朝食の後、みんなで牧場へ馬追いに出かけました。農場に住んでいるセルジオとデッシオの指揮の下、私たちは馬の後を追って走りました。手に持ったシャツを振り回して、囲い場の入り口へと馬たちを追い立てたのです。

シャヴァンチ、フビ、ファイスカ、ドウラヂーニョ、トルヂーリョ、ブリリャンチ、トゥピ、ランバリ¹⁾、黒いのや、赤みがかったの、白い斑があるの、灰色の、そして、体じゅうに黒い斑点がある馬たちが、尻尾を左右に振って蚊を追い払いながら、飼い葉桶代わりの丸太に入ったトウモロコシを食べようといつものように群がりました。馬は農場から四方八方へと伸びた小道での唯一の交通手段だったのです。

囲い場では、セルジオが私たちに馬に鞍をつけることを教えてくれました。ゆっくりと、太い手綱（馬の口に差し込む金属製のく̇つ̇わ̇に結びつけられた二本の革の綱）を持ってランバリに近づき、それを馬の首の上に投げました。その突然の動作に他の馬たちは驚き、慌てて

離れていきました。ランバリは、おそらく縛られたのだと勘違いしたのでしょうか、おとなしくなりました。セルジオは馬の額を撫でて大きな歯の間に金属のくつわをはめ込みました。そして、鞍敷と、二重の袋を二つ、小さく切った毛布の切れ端を二つ馬の背に当てがって、馬の皮膚と鞍の硬い革が擦れないように調節しました。鞍の側面からは、あぶみと腹帯、金属の輪のついた二本の革の紐が下がっていました。セルジオはその革の紐をランバリの下腹に堅く括りつけ、鞍を背中に固定しました。

　馬に馬具を付けると、私たちは門から一列になって、昨日私たちがやってきたあの道へと出ていきました。私たちだけで。子どもだけ、です。あれこれ言う大人はひとりもいません。これこそ、私たちが夢見た文句なしの自由なのです！

　茶褐色で片耳が垂れたシャヴァンチは従順で、初心の乗り手でも大丈夫。私はおとなしいその馬にまたがって、ブラースの映画館で上映されていた西部劇（私たちは英語のファー・ウエストを、ファルヴェスチと発音していました）の世界へといざなわれました。私は、私ではなく、ゾロでした。他の子どもたちは私のいとこでも弟でもなく、ロイ・ロジャーズ 2) やロッキー・レーン 3) やホパロング・キャシディ 4)、ブラック・ライダー（カヴァレイロ・ネグロ）5) などの、映画のスクリーンの中や、テレビのない当時の子どもたちが次から次へと読んだ漫画の中のヒーローとなっていたのでした。

　風が吹くままに、私の愛馬シルバーは砂の平原やカヤツリグサが生い茂る丘を駆けめぐりました。遠目に見える険しいボトゥカトゥ山脈には、盗賊たちの隠れ家があり、私たちは、弾丸が岩に当たって跳ね返って音を立てる中で、彼らを征伐しようとしていたのです。

　そのときの私の一番の願いは、盗賊たちを追跡するこの私の雄姿を、エンヒッキ・ヂーアス通りの友だち、とりわけジューリオ・ヒベイロ

両手を上げて

通りのけんか相手の子どもたちに見せつけてやることでした。

　馬での散策は、最終目的地であるエスプライアヂーニョ川に着くまで40分を要しました。それは狭くてゆるやかな小川で、道の小さな橋の下には素早く泳ぐ小魚がいました。水は、足の届かない小さな深みを除けば、一番深いところで皆の腰に届くぐらいでした。泳ぎの練習をするにはうってつけでした。岸が、川面に枝を垂れる灌木で覆われていて、疲れたときや、鼻から水が入って苦しいときにはそれにつかまることができるからです。

　深みに入ると、いつも水の中のあの忌まわしい記憶がよみがえりましたが、なんとか私は犬かきで逃れることができました。水面に用心深く頭を出し、犬が泳ぐときの足の動きのように足を蹴り、手を動かすのです。旅の途中で起こったあの事件──それは私、いとこたち、そして弟の間の秘密でした──のあとで初めて体が水面に浮かぶのを感じて、私は彼らに対して誇らしい気持ちでいっぱいでした。

　川の中に長くいたせいで皺のできた手で、私たちは馬にまたがり帰りの道を進みました。途中、アントーニオ・カルロスが「荒くれ者の愛」[6] のヒーロー、シェーンの話をしました。彼は両親が贈答品店を営むオザスコのグラモール映画館で、それを観ていたのです。最後の決闘をつぶさに物語り、そして、その映画の、何とも哀しく何とも美しいテーマ曲を口笛で吹きました。私は父と姉が恋しくなりました。

　農場が近づくと、そののどかさは一変しました。行く手に門が見えると、馬たちは熱狂し一目散に走りだしたのです。私は力一杯シャヴァンチの手綱を引いて制止しようとしました。落ちる不安以上に弟のフェルナンドのことが心配になったからです。フェルナンドはデッシオの背中につかまってファイスカの鞍の後ろに乗っていました。

　それは的外れな心配でした。というのも、列の一番後ろにいた二人は、馬を完璧に操って、雄叫びを上げながら私を追い越していったか

らです。そして、私を乗せたシャヴァンチは、おびえる私などお構い
なしに、首を前へしゃんと伸ばし、他の馬の後を追って駆けだしたの
ですから。

　前を走る馬たちがたてたほこりが目に入る中、風を切って走る馬に、
どう対処したらいいんだろう？　私が思いついた解決方法は考えられ
る中で最悪なものでした。走っている馬から飛び降りることだったの
です！

　私は左足はあぶみにのせたまま、右足を離し、またがった足を外し
て、両ひじを馬の背中につけてシャヴァンチの左側にぶらさがり、右
足を地面へ伸ばしました。右足が砂地を滑るのを感じるとすぐ、左足
をあぶみから離して、馬につかまったまま走ろうとしました。が、言
うまでもなく、そうするには私の足は短かすぎ、遅すぎました。腹ば
いのまま２メートルほど引きずられて、そして止まったのです。柔ら
かい砂地だったことが幸いしました。

　いとこたちは、シャヴァンチが誰も乗せずに彼らを追い越していく
のを見て仰天し、私を助けようと戻り、そこに立っていた私を見つけ
たのです。腕と胸を擦りむき、シャツは土まみれ、ボタンは地面との
摩擦で全部もぎ取られて無くなっていました。

　家に着くと、私たちは馬具を片付けに小部屋へ行きました。私はお
じやおばにそのような姿を見られないよう、外を回って、窓を越えて
私たちの部屋に入り扉を閉め、いとこたちが傷口を洗うためのタオル
とお湯を持ってきてくれるのを待ちました。その後、私は長袖のシャ
ツを着て、皆で昼食に行きました。

　よかった！　落馬したことを誰にも気づかれませんでした。行きの
道中から、私たちの間には、子どもの無分別による事故を大人たちに
は秘密にしておくという掟がありました。親たちのいつもの監視を逃
れ、遊びまわる自由を守るため、再びその掟が守られたのでした。

両手を上げて

121

5 サウルさん

　サウルさんはいつも決まって子どもたちに同じ挨拶の言葉をかけました。「あんさんがた、達者にけっぱってるかね？」私たちは面白がり、しばらくするとその田舎の訛りでその挨拶を真似するようになりました。

　サウルさんは背の高い男の人で、ごつごつした手をし、顔は日焼けしてしわが刻まれ、ごわごわした麦わら帽子をかぶって、誰かに挨拶するときと家に入るときにしか帽子を取りませんでした。せいぜい50歳ぐらいだったでしょうか、近所の小農園に、二人のお姉さんとともにひっそりと住んでいました。お姉さんのうちの一人は、決して治らない古い傷を保護するために、いつも左足に白い布を巻いていました。

　そんな世界の果てのようなところに姉弟だけで住んで、必要なものはすべて自分で作っていることを誇りにしていました。買っていたのは塩とランプの灯油だけ、それらはジョゼーおじさんが町から彼らのために運んできていました。というのも、サウルさんはトラックを持っておらず、一番近いパルヂーニョの町へ出るのにも馬でほぼ一日がかりの道のりだったからです。彼らは何年も町へ行くことなく暮らしていました。

　サウルさんとお姉さんたちを訪ねるのだけは、大人たちと一緒でした。丘の上の、小さな木の家は、大きなシュシュ [1] とたくさんのパ

ッションフルーツがぶら下がった柵に囲われていました。その奥には
竹の囲いが青々と茂った野菜畑をニワトリから守っていました。野菜
畑には、ケール、レタス、ビター・チコリ、ニンジンが植えられ、そ
して大量の肥料がありました。庭へは、小さな戸を開けて、二つの花
壇に挟まれた土の道を通り抜けていくのですが、その花壇には、マー
ガレット、ダリア、キク、スミレが咲き、屋根まで届く紫色のブーゲ
ンビリアと、たくさんのバラの木がありました。それらは、上のお姉
さんであるホーザおばさんが丹精込めて育てたものでした。

　サウルさんたちは、私たちを居間へと招き入れました。私たちは大
勢でしたが、子どもにはベンチが、そして大人には椅子がありました。
すべてが清潔で整頓されていました。きっちりと並んだ屋根の瓦、よ
く磨かれた丸椅子。戸の向かい側の壁には、青い背景の両親の写真の
額のそばに、角の置物のコレクションが飾られていました。レース編
みのクロスが掛けられた食卓には、ベゴニアの咲く花瓶が置かれてい
ました。

　大人たちだけで交わされるおしゃべりは、町の子どもたちの興味を
かきたてました。大雨、川の氾濫、コーヒーの豊作を告げる花、生ま
れた赤ちゃん牛、トウモロコシ畑の真ん中で泡を食っていた２匹の蛇、
か弱い子ヤギを襲ったジャガーの大きさの見当など。サウルさんはジ
ョゼーおじさんを「ロペスさん」と呼んで、彼がサウルさんに話すこ
とすべてにたいそう関心を寄せていました。というのも、朴訥な働き
者であるその人にとって、ジョゼーおじさんは、自分たち以外の世間
とのただ一つの接点だったからです。

　でも、いちばんいかしていたのは、家から数メートル先に据えられ
ていたサトウキビの圧搾機でした。ギザギザの二つの大きな金属製の
歯車が同じ方向へと回ると、歯の間に挟まったサトウキビの茎の部分
は無残にも押しつぶされ、ほんのり緑色のジュースが平鍋にポトポト

両手を上げて

と滴り落ちるのです。

　歯車を回転させるために、サウルさんは、よくしつけられたロバの
セレーノを長い木の竿につないでいました。その竿は二つの歯車の中
心の軸に固定されていました。セレーノは誰に命令されなくても周り
をぐるぐる回って機械を動かしました。仕事が終わると、ホーザおば
さんは皆にジュースをふるまい、サウルさんは、仕事に精を出したセ
レーノを労って２本のニンジンを与えたのです。

　その後、私たちは家に戻り、その機械で作った粗糖で甘くしたコー
ヒーとトウモロコシのパンを食べました。トウモロコシのパンはカリ
カリと香ばしく、そしてサトウキビの風味のおかげで、私は初めて牛
乳なしのコーヒーをおいしく飲んだのでした。

　幾度かの訪問のうちのある折、別れ際に、サウルさんは大きな手で
私の頬を挟んで、私がサンパウロの町から来たのかどうか知りたがり
ました。そうですと答え、私は彼に行ったことがあるか尋ねました。
「一度もねえよ」と彼は答えました。
「サンパウロはあんまり大ぎな町なもんだがら、顔見だってお互いよ
ぐ知らねえ人ばっかりだそうだが、違うかね」

124

6　農場の使用人たち

　農場の使用人¹⁾たちの家は、サウルさんたち姉弟が暮らしている
ような、整った清潔な姿ではありませんでした。彼らの家には、美し
く花咲く小さな庭もなければ、ホーザさんとその妹が世話しているよ
うな菜園もありませんでした。同じように木造で、杭の上に建てるこ
とで、床と地面の間に雨水の激流から人を守り通気を助けるための空
間が設けられてはありましたが、彼らはその空間にトウモロコシのわ
らを高く積んで豚やニワトリを飼っていたのです。

　あるとき、ゼジーニョとかくれんぼをしました。ゼジーニョの父チ
コさんは、日焼けしたカボクロ²⁾で、コーヒー農園で裸足で下草を
刈っていたとき、ガラガラヘビに噛まれたせいで右足の指が変形して
いました。私は彼らの家の床下に隠れることにしました。地面のわら
の中に片腕をついてしゃがんだとき、たくさんの時計が集まって秒を
刻んでいるかのようなかすかな音が聞こえました。よく見るとそれは、
そこで寝ていた豚についているノミだったのです。ノミたちは柔らか
な腕の出現に熱狂し、一斉に襲ってきたのです。私に跳ねついてきた
ノミはおびただしい数で、数えることなどできないほどでした。

　私はボンバに向かって死に物狂いで走ったのを覚えています。ノミ
を振り払おうと道の低い木に腕を擦りつけながら。服のまま全身を水
に沈め、ノミたちが溺れていくのを見たとき、どれほどほっとしたこ
とでしょうか！

両手を上げて

使用人たちの家には台所が一つ、夫婦の部屋、大きな居間が一つあり、そこは夜には子どもたちの寝室として使われ、小さなわらのマットレスが床に散らばっていました。夫婦は次々と子をもうけ、少なくとも5、6人の子がいました。大きい子どもたちが小さい子どもたちの世話を手伝いました。みんな裸で鼻水を垂らしていました。子ども時代は短く、10歳になればすでに男の子たちは早起きして父親と畑へ行き、女の子たちは料理や洗濯やアイロンかけを覚えました。15か16で結婚します。その人生の物語のページをめくると、そこには親たちとまったく同じ話が語られるのでした。

　ただ一つの娯楽だった6月の祭りでは、焚き火、ポップコーン、カンジッカ 3)、ケントォン（ホットワイン）、炭火で焼いたサツマイモを楽しみました。テレビはなく、トラックのラジオで受信できる唯一のラジオ局はロンドンのBBCで、おじが時折みんなに聞かせていました。そんなとき、農民たちは寄り集まり、ものも言わず、アナウンサーが話す外国語がさもわかっているかのように、雑音が入ったり遠ざかったりする短波ラジオの音に、好奇心に目をきらきらさせながら、耳を傾けて時を過ごしたのでした。

　トイレは家の外にありました。木造の小部屋で、井戸から可能なかぎり離して建てられていました。水は、丸太に巻きつけられた紐に取り付けたバケツで井戸から引き上げられました。井戸水を汲み上げるには力が必要で、腕の筋肉を鍛えようと私たちは喜んでハンドルを回したものでした。

　男の人たちの手は豆だらけで、足はうっかりとげを踏んでもけがをしないでいられるほど硬くなっていました。中には、裸足で焚き火の炭の上を歩いても火傷をしないと言われている人もいました。ほとんどの人が字を読むことができず、同様に、自分の名を書くこともできませんでしたが、誰もが正確に暗算ができました。一定の場所にコー

ヒーの木が何本収まるのか、その年に何袋のトウモロコシが収穫でき
そうなのか、子牛がおとなになるとどれぐらいの重さに達するであろ
うかが、彼らにはわかっていたのです。

　農民たちの話すポルトガル語は間違っていて、Rを舌を巻き込んで
発音する、その当時のサンパウロの田舎では典型的なものでした。彼
らは、複数形の主語に対しても、動詞を活用させず、単数形の動詞ば
かりを用いていました 4)。一方、時に彼らは、忘れられた言葉を口に
しました。雌馬の妊娠を示す「プレニュース」、馬具をつけた馬を示
す「エンシリャード」、年配者の知恵を示す「サピエンシア」などの
言葉は、彼らの暮らしの中で損なわれることなく生き続け、まるで教
養人であるかのように彼らの口から自然に発せられたのでした。

　しかし、何よりも私が引きつけられたのは、その心温かい振る舞い
でした。大都会のよそよそしい人づきあいに慣れた私にとって、彼ら
が挨拶をする様子は本当に不思議なものでした。通りすがりの誰に対
しても、優しい眼差しで、帽子を取り丁寧なお辞儀をするのです。た
とえ貧しくても、彼らは家にあるもっとも良いものを訪問客に供しま
した。畑仕事から戻った夕暮れ時にはおしゃべりを楽しみました。遠
く離れた土地の昔話をお互いに聞かせあいました。そんなとき、彼ら
は、何時間もしゃがんだ姿勢でいても疲れることもなく、ねじりタバ
コ 5) を小型ナイフで刻んで、口の端から葉巻タバコの煙をふかすの
でした。それは、彼らによれば、蚊を追い払うためということでした。

　たっぷりと遊んで、私はたくさんの農場の子どもたちと友だちにな
りました。しかしそれは対等なものではありませんでした。というの
は、私は彼らに同情心を抱いていたからです。彼らは私と同じように
は食べてはおらず、身なりも私と同じようではありませんでした。も
っともやりきれなく思ったことは、1、2年農場の子ども向けの学校
に通ったあと、すぐに辛い畑仕事に出ることです。私は、のちに医者

両手を上げて

127

になることができましたが、彼らはなりたくても決してほかのものに
はなることができないのです。

7　カウボーイのモアシール

　モアシールは農園の暴れ馬の調教師でした。ジョゼーおじさんは、誰であっても、彼が前もって調教していない馬に乗るのを禁じていました。おじがこれほどに神経をとがらせていたのは、その地域では満足に調教されていない馬による痛ましい事故がたびたび起こっていたためです。

　彼が若い荒れ馬にまたがると、馬は、後ろ足で立ったり、いないたり、躍り上ったり、四方八方を後ろ足で蹴ったりしました。それは、見逃せないショーでした。しかめっ面で、左手で手綱をしっかりと引き、右腕を宙に放して、モアシールはバランスを取るために体を振り子のように動かしました。体を折り曲げたり伸ばしたり、一方へまた一方へと傾けたり、ぐらりぐらりと、馬の自由奔放な動きのままに従いながら。それはまるで、体のすべての部分が一本の糸でつながれ、ボタンひとつで体を折り曲げ、ピンと体を直立させる、木の人形のようでした。

　落ちないように帽子を留めて、暴れる馬をゆうゆうと乗りこなし、最後には馬は彼に汗を流してもらうまでに至るのでした。そして、微笑みを浮かべ、誇らしげに頭を高くあげ、手綱をピンと張って持ち、もう片方の手で馬の首をポンポンと叩き、たてがみを優しくほぐしながら囲い場をぐるぐる回って、この調教で芽生えた馬との友情を確かなものにしました。

両手を上げて

一本足の椅子から落ちたあの出来事以来、モアシールと私は仲良くなりました。彼は、いろいろなところを巡り歩いており、旅先で出会った馬と乗り手たちの話や、農場の境で友人の一人が転落して致命的なけがを負った話——それを基にセルタネージョ [1] の曲が作られ、彼はそれを暗記しており、私も何年もたってからラジオでその曲を聞きました——、そして彼がいると信じて疑わなかった頭のないラバ [2] が現れた話を聞かせてくれました。

　私に、危険なときにも馬の上でバランスを崩さぬよう、あぶみをつま先で踏むこと、馬の脇腹を両足で締めつけること、馬の動きに合わせて馬と乗り手がまるで一つの生き物であるかのように体のバランスを取ることが大切だと、教えてくれたのも彼でした。

　彼から教わったコツのおかげで、私は、もう二度と落馬することはありませんでした。馬具なしでの早駆けや、農夫たちが子ども向けに開いた競技会で暴れん坊の子牛に乗ることまでをも覚えたのです。その競技会は、牛の体の周りに巻きつけたたった一本の縄だけを頼りに、誰が一番長く乗っていられるかを競うものでした。それは危険な競技でした。というのも、子牛は四方八方に跳びはね、子どもたちは決まって最後には地面に落ちたのです。その姿を大人たちは柵に腰かけて楽しそうに見物していました。柔らかな地面のおかげか、それとも子どもの体のしなやかさのせいか、幸いにもけがをした子はひとりもいませんでした。

8　バクの淵

　かつて、そこに水を飲みにきたバクを猟師たちがそこで待ち構えていたことからそう名づけられたその場所は、まるでおとぎ話の世界から飛び出してきたかのようでした。かなたから流れてきた小川が進路を失い、そびえ立つ大きな岩から水を落とすと、ほとばしった水は勢いをそがれて広く穏やかな淵へと至っていました。辺りは木とつる植物に囲まれており、自然の気まぐれか、水面を這うように太い曲がった枝を伸ばしている木があり、その枝から私たちは歓声を上げながら水面に飛びこんだものでした。

　農場からそこまでは馬で1時間以上もかかりましたが、行く価値が十分にある場所でした。遠くから滝の轟音が聞こえてくると、私たちの心は踊りました。馬を近くにつなぐと、水が落ちていく岩の脇の急な道を降りていったのです。

　存分に泳ぎ潜って疲れると、下流の岩の上にみんなで座るのですが、背後に迫る滝があまりに勢いがあるので、ほどなく、私たちはまた、水の奥深くへと突き飛ばされるのでした。

　なぜか、私たちがその「バクの淵」へ行くのはきまって午後でした。私たちは水の轟音と鳥のさえずりの中であのような穏やかな時を過ごしたのです。疲れにまどろむ帰り道では、馬が最後に農場の囲い場を見つけて早駆けするときに悲鳴を上げる以外は、話す元気もないほどでした。

両手を上げて

もう一つ滝があり、そちらには、いつも午前中に、歩いて行きました。歩いて行ったのは近かったからというわけではなく、そこに辿り着くには森の中の長い小道を下って行かなければならず、馬で行くには大変危険だったからです。遠く離れたところでもその水音は聞こえました。滝は約10メートルの高さから岩をぬって水を落とし、深い森に白砂の空間を作り出していました。

　滝の岩は一面に緑色のコケが生えていて滑りやすく、滝のしぶきを受けてアジアンタムやアンスリウム、シダ植物がその上に覆いかぶさるように葉を繁らせていました。水はたまることなく、泳げるような場所はありませんでした。水は砂の上には落ちず、砂地を逃れて浅い溝を通ってまた森の奥へと流れていってしまうのでした。

　激しく、活力を呼び起こすような、息が止まるほど冷たいシャワーだけでなく、そこで目を奪われたのは、滝の最後の水しぶきと滝のすぐ近くの岩とのあいだの小さな隙間から見える虹でした。手が届くほどの間近に、きらきら光る幾千もの金色の雫の中で、輝く橋を架けました。虹の端には金でいっぱいの桶があるというおとぎ話など、どうして信じられましょうか。

　しかしながら、なんといってもいちばん神秘的な場所は、「大きな池」で、そこは農場の中心部から馬で2時間のところにありました。19世紀にその地域一帯の地主であった強欲な農場主の話が語り伝えられていました。彼はそこで、撃ち落としたカモを追って湖に入った折に、ワニに襲われて死んだのです。夜にその湖の近くを通る勇気がある者はいませんでした。なぜなら、農場主が奴隷をつないでいた鎖を引きずる音と、そのあたりをさまよう彼の亡霊の苦し気な叫びを聞いたと証言する人たちがいたからです。

　湖の岸は水草で覆われていて、ヒメガマが点在していました。ヒメガマは長い茎の先に穂があり、なめし革のような筒で覆われていて、

空を突くようにまっすぐ立っていました。いつも野生のカモがつがい
で泳いでいて、時折、ワニも、まるで黒い木切れが湖の真ん中に浮か
んでいるかのように現れるのでした。

　あるとき、岸でワニの巣を発見しました。そこには 10 個の——20
個だったかもしれません——卵がありました。ワニが卵を産むかどう
かすら知らなかった私は、心惹かれたものの卵に手を触れることはで
きませんでした。オラーシオが、母ワニが近くにいると怖いのでさっ
さとそこから離れようと言ったからです。

　それらの極上の場所の散策、森の圧倒的な存在、工具の町の子ども
には決してお目にかかれない地平線までの大パノラマ、小鳥、マンゴ
ーがたわわに実る果樹園、毎日の夕暮れ時のサッカー、ろうそくの灯
の夜、それらは私をこの上なく幸せな気持ちにし、そしてその感覚は、
休暇の間ずっと、途切れることがありませんでした。

　私たちの誰もが皆、満ち足りた気持ちでしたが、中でも私はと
びきり幸せでした。おばたちもこう言ったものです。

「この子がいとこたちの中で一番楽しんでいるわね。起きたらもう両
手を上げてばんざいしてるわ！」

　おばたちは、私がこんなに喜びに満ち溢れているのには特別な理由
があったことを知りませんでした。その理由は、いとこたちの間の秘
密とされ、固く守られていました。私はここへ来る旅の途中で、危う
く命を落とすところだったのです。それについてお話ししましょう。

両手を上げて

133

9　橋の下を流れる川

　そのころの自動車にはよくあることだったのですが、運悪く、農場
への旅の途中、ジョゼーおじさんの 1944 年製のビュイック [1] は、砂
ぼこりの上り坂で力尽きてしまいました。あと 100 メートルもないと
いうところで、完全に止まってしまって、私たちが押してもおばさん
が祈っても、びくともしませんでした。ビュイックはタトゥイの町か
らほんのすこし手前のその場所で立ち往生してしまったのです。同じ
ボロでももう少しだけ新しかったシボレー [2] で前を走っていたアデ
リーノおじさんが回れ右をして助けに来てくれました。

　ボトゥカトゥへの道は、今では 3 時間もかからないのですが、その
当時はまる一日かかることもありました。アスファルトの舗装はサン
パウロから 90 キロのソロカーバで終わっていて、残りの 180 キロは、
途中小さな町々を横切りながら、手入れもされていない土の道を行く
のでした。ボトゥカトゥでは、食料品や工具や家畜のための塩の袋や
畑の肥料をいっぱい積んだトラックが私たちを待っていました。そこ
から農場までは自家用車では行けなかったからです。

　おじたちは、ビュイックのボンネットを開けて、エンジンを調べま
した。車の故障には慣れっこだったので、すぐに故障した部品を見つ
け出しました。そして、大人たち 4 人はシボレーでタトゥイまで新し
い部品を買いに行くことに決めました。帰りに私たちのためにサンド
ウィッチとガラナを買ってきてやると言っていました。13 歳のいと

このエヂソンと同い年の遠縁のネルソンが、故障した車の見張りと子どもたちの世話をすることになりました。

　１月（ブラジルの季節は日本と逆※訳者注）の暑さで、水筒の水は皆が一口ずつ飲んだだけで底をついてしまいました。そのとき、あのいまいましい坂道のすぐ手前に橋があったことを思い出し、その橋まで行くことにしました。車と荷物の番をするエヂソンとネルソンを残して、みんなで橋の下を流れる川に向かったのです。

　その川は幅が広くて流れが速く、泡でいっぱいでした。岸に腹ばいになって、私たちは乾いた喉を潤し、水筒を満たしました。踵を返し、坂を上ろうとしたそのとき、暑さの中で川の水のあまりの心地良さに後ろ髪を引かれた私は、向こう岸に取り付けられていた川の深さを測る目盛りが、水面を16の線で示しているのに気づいたのです。そしてみんなを誘いました。「服を脱いで水に入ろうよ。とっても浅いよ。たったの16センチさ！」

　いくらかためらったものの、結局みんな水の中に入りました。そこには5歳のデッシオと弟のフェルナンドもいました。無分別な子どもたちは、川の深さがわずかそれだけのものと思いこんだのです。ほんの少し入ったところで、水は既に私たちの膝のところまで来ていました。そして何が何だかわからぬまま、私は足を取られてすぐさま水の中に沈んでしまったのです。水面に浮かび上がったとき、私は少年たちからは離れてしまっており、アントーニオ・カルロスが差し出してくれた手をつかむことができません。ふたたび私は水の中に沈みこみました。こんどはもっと長い間。

　川の流れに押し流された私は、気づくともう川の真ん中におり、そこで何秒間か水面に浮き上がりました。息をするよりも、叫んで助けを求めました。いとこたちの誰ひとり私のことを見ていなかったかのように。まったく空気を吸えぬまま、私は沈み、それ以上息をこらえ

両手を上げて

135

ることができませんでした。口を開けると肺が水でいっぱいになりました。喉が詰まったように感じ、咳をしようとすると、さらに喉から水が入ってきます。水面に浮かび上がろうと無我夢中で手足を動かすと、体のバランスを崩し、手やら足やらを川底の石にぶつけたのでした。

　視界がぼんやりしてくる中、二、三度水面に上がることができたのですが、そのあまりにわずかの時間では、肺に大量の水が入りこんだせいで咳が出るばかりで、息などできなかったのです。浮かび上がったときに目に映った、いとこたちの戦慄の面持ちとはるかに遠い岸の光景は永遠に心に刻み込まれました。彼らの悲鳴は今でも耳に残っています。

　必死にもがきながら呼吸できない絶望に打ちひしがれ、息が詰まって今にも胸が張り裂けそうになったそのとき、奇妙な感覚に襲われました。極度の疲れと体のしびれが私に落ち着きをもたらしたのでした。静かな気持ちで自分は死ぬのだと思い、十字を切りました。父と姉が私の死を知ったとき、どれほど悲しむことでしょう。そして母が生きていないのは幸いだったと思いました。なぜなら、息子を失う辛さを味わわずに済むからです。しかしそれらの気がかりも、私を苦しめることはありませんでした。私の疲れきった体は心の安らかさに包まれ、私は水の流れに身を任せました。自分は死ぬんだと悟り、あきらめの気持ちになったのでした。

　その生死の境で、遠くからの声がぼんやりと聞こえました。そして声はさらに近くなり、すぐそばになって、私と一緒に泳いでいる誰かを感じたのです。幻覚かと思いましたが、それはいちばん年長のいとこのエヂソンでした。彼は「ぼくの肩につかまって、こっちに来るんだ」と言ったのです。子どもたちの悲鳴を聞きつけ、彼は慌てて何が起こったかを見に来たのでした。

そのような状況の下では、溺れた人は息苦しさから救助者にしがみついて、救助者の動きを妨げるものだと聞いたことがありますが、私はそのようなことは何もしませんでした。あまりの疲労困憊で、もはやすべての気力を失っていたのです。ゆっくりと岸が近づき、いとこたちの顔がはっきりとしてきました。

　彼らは私を地面に寝かせ、お腹を押さえつけて飲みこんだ水を吐き出させようとしました。声が出るようになった私が最初にしたことは、命の恩人であるエヂソンにお礼を言うことでした。そしてその感謝の気持ちは今でも私は忘れることができないのです。

　みんなが落ち着きを取り戻したとき、ネルソンが岸に沿って泳いできました。彼はエヂソンが「救出作戦」の間に失くしたパンツを救い出したのでした。後々、いとこたちは「パンツの恩人」と呼んで彼をからかったものでした。

　私たちは皆、都合の悪いことは大人には話さないという伝統を忠実に守りました。父はついぞその出来事について知ることはありませんでしたし、おじたちがそれを知ったのは、それから20年以上たった後のことでした。

両手を上げて

10　幸せ

　7歳にしてすでに、私は、母を失うという深くて決して消えることのない痛みを経験していたのですが、しかし同時に、不意に訪れる幸せも理解していました。楽しみに待っていたことが現実になる時間——空から落ちてくる気球の口をつかみ取ること、日曜日の朝、工場の前の草サッカーで決定的なシュートを決めること、家族みんなと誕生日のろうそくを吹き消すこと——がそれでした。それらの奇跡の瞬間に、その幸福は心からあふれ出る光のように、瞳を輝かせ、知らず知らず私たちに笑顔をもたらすのです。

　初めての自然と親密に触れ合ったあの休暇中、私はそのような光り輝く感覚を何回も味わいました。しかもそれは、心に訪れてはすぐに消え去ってしまうような一瞬の喜びとは大きく異なるものです。それは新たな別の幸せであり、いつまでも心に残るものでした。時に激しく、心沸きたたせ、過剰にほとばしる。その一方、それが過ぎると、視線の届かぬ遥か彼方の地平線の風景を背景に、静謐な夕暮れ前に空を飛び交うツバメの軽やかさで、心の中を漂うものです。

　あのころは、いとこたちや弟と一緒に過ごしたこと、おじさんおばさんの愛情、馬での散策、野原での自由こそが大きな喜びだと思っていました。今、振り返ってみると、その理由の根源は別にあったのだと思うのです。つまり、私は、生きていることがどんなに素晴らしいかということに気づいたのです。川では、絶望の中、人間の命のはか

なさを知ったのです。家族に囲まれていたそのほんのすぐ後に、私は水の流れの中に消えてしまいそうになったのですから。そう、まるであのお話の中の人形、ビロのように。

両手を上げて

両手を上げて ◆ 用語解説

1　到着

1）ブラジルの農園について

　ブラジルの大都市では金曜の午後、幹線道路が渋滞するのが常である。多くの人が郊外の別荘で週末を過ごすためである。そのような別荘はファゼンダ、シャッカラ、シッチオなどと呼ばれるが、これらはもともと農場を意味する言葉である。大規模な農場がファゼンダ、都市近郊の小農場がシャッカラやシッチオと呼ばれる。植民地時代から20世紀初頭にかけてブラジルではサトウキビやコーヒーの大農場が社会の基盤となってきた。農場を示すこれらの言葉は時代を超えて現在でもステータス・シンボルであり続けている。

2　ボンバでの水浴び

1）モーホのアヴェマリア

　1942年にエリヴェル・マルチンスにより作られた。彼自身のバンドであるトリオ・ヂ・オウロによって発表され大ヒットした。モーホとはポルトガル語で丘の意であるが、ここではブラジルのファヴェーラ（スラム）を指している。

　ブラジル国内だけでなく世界中のアーティストに取り上げられ、ドイツのロックバンドであるスコーピオンズもスペイン語で歌っている。

2）ファロッファ

　マンヂオッカ芋（『両手を上げて』3章の解説を参照のこと）の粉をバターなどで炒めたもの。粉だけの場合もあれば、ニンニク、タマネギ、ベーコンなどが入っている場合もある。粉だけのものは、ファリーニャ（粉の意）と

呼ばれることもある。ブラジルの食卓に欠かせないもので、フェイジャオン、焼いた肉や魚、サラダなど、あらゆるものにかけて食べる。

3) チーズとグアバのデザート

　ミナスチーズ（白くあっさりしたフレッシュチーズ）とゴイアバーダ（グアバの赤いゼリー）を併せたデザート。ミナス・ジェライス州発祥でブラジル全土に広がった。ホメウ・イ・ジュリエッタ（ロミオとジュリエット）と呼ばれる。塩味と甘い味がおいしい調和を生み出すことが、シェークスピアの、敵対する家に生まれたロミオとジュリエットのラブストーリーにたとえられたようだ。また、1960年代にブラジルの国民的漫画家であるマウリシオ・デ・ソウザが、ゴイアバーダのブランドであるシッカのキャンペーンの際、パッケージに彼のキャラクターであるモニカとセボリーニャがロミオとジュリエットに扮したイラストを載せたことから、この名が広まったとも言われる。

3　ビロ

1) マンヂオッカ

　キャッサバ、タピオカ、マニオクなど多くの異名をもつ。原産地はブラジルである。茎を地面に挿すだけで根を出す。現代ではアフリカ、アジア、南米の熱帯地帯で広く栽培され、その根茎は多くの地域で重要な食物となっている。トウダイグサ科。樹高は2、3メートルで、地下に30センチから1メートルの長さの塊根が十数本できる。これらは多量のデンプンを含んでいる。このイモには無毒のものと青酸性の毒物を含むものがある。収穫量の多さから毒抜きを必要とする有毒のほうが好まれている。

2) モンビンの木

　コガネモンビンは熱帯アメリカの原産で高さ25メートルにも達する高木である。その果実は甘味が多く酸味は少ないが刺激性の芳香がある。生育が早いのでバイーア州ではカカオの日陰樹として用いられている。この樹木は

古くから各地でさまざまに利用されてきた。

＊参考文献）橋本梧郎『ブラジルの果実』（財）農林統計協会、1978 年

3）うろの木

　　木のうろ（洞）とは、樹木の中央部が腐るなどして隙間が開き、空洞になっている状態をいう。着生植物の一種と考えられる。鳥がもたらした種子が樹上で発芽し、その苗が地上まで根を伸ばす。そのうち大きく成長すると、中の木は枯れてしまい、中が空洞のうろの木が生まれる。熱帯のイチジク属の木が多い。

4）九日間の祈り

　　ノベナと呼ばれる。ノベナは「九つの」という意味のラテン語に由来する。「九日間の祈り」はキリスト教の信者が神の恵みを願い、また聖母や聖人たちにそのとりなしを願って、九日間にわたり祈ることを意味する。

4　馬

1）馬の名前

　　本文中の馬の名前には、それぞれ意味がある。

・シャバンチ：ブラジルの先住民族名の一つ。アラグアイ川流域に住み狩猟採集民である。

・フビ：宝石類の一つで、ルビーのこと。ラテン語の「赤」を意味する言葉が名の由来。輝きの美しさ、希少さから、古代から多くの文化圏で好まれた。

・ファイスカ：火花、電光という意味を持つ。威勢のいい馬を表している。

・ドウラヂーニョ：ドウラードの愛称。ドウラードは黄金色を意味し、絶頂期や幸福を表す。

・トルヂーリョ：灰色に黒みがかった斑のある馬のことを示す。

・ブリリャンチ：光り輝く、きらきらしたダイヤモンドのような存在を意味する。

・トゥピ：ブラジルの先住民族名の一つで、ブラジルの沿岸部のほぼ全域に

用語解説

わたり支配していた。また「トゥピ＝グアラニ族」として知られる一大民族言語集団を形成し、ポルトガル語に大きな影響を与えた。
・ランバリ：ブラジルの河川に一般的にすんでいる小魚の名。泳ぎの巧みさと敏捷さのシンボルでもある。そのため俊敏な賢い馬にこの名がつけられることがある。

2）ロイ・ロジャース
　『ブラースの町で』21章の用語解説を参照。

3）ロッキー・レーン
　『ブラースの町で』21章の用語解説を参照。

4）ホパロング・キャシディ
　1904年にクラレンス・E・マルフォードによって描かれた西部劇のヒーロー。白髪で黒いウェスタンスタイル、二挺拳銃の凄腕カウボーイである。仲間二人と白馬トッパーとともに西部を旅した。正義の味方であり悪人に苦しめられる善良な市民を助ける。コミック化、映画化、ラジオ・テレビドラマ化もされ、特に俳優ウイリアム・ボイドがホパロング・キャシディに扮した映画シリーズとテレビで高い人気を博し、アメリカ合衆国の国民的ヒーローとなった。キャラクター商品も多数販売された。

5）ブラック・ライダー
　1948年にアメリカのコミック雑誌に現れた架空の西部劇のヒーロー。ほとんどの作品がシド・ショアーズによって描かれた。無法者カクタス・キッドとして知られたマシュー・マスターズは、町民を救うため、ギャングと対峙し、撃ち殺す。テキサス長官に諭されたマスターズは医者になることを条件に放免になる。医者となって町に戻ったマスターズは再び暴力に直面する。彼はブラック・ライダーに変装し悪と戦った。1949年、ブラジルでもブラック・ライダーはカヴァレイロ・ネグロ（「黒い騎士」）として漫画雑誌に登場。人気を博した。

6) 荒くれ者の愛 (シェーン)

「荒くれ者の愛」はブラジルでの上映時のタイトルで、もともと 1953 年公開のアメリカ映画「シェーン」が原タイトルである。日本での公開も 1953 年。この映画は、従来の西部劇になかったシネマスコープという撮影の新技術を取り入れ、映像に奥行き感と左右に広がる距離感を与え、壮大さが加わり、新しい西部劇の誕生を記念する作品となった。「シェーン！カムバック！」と少年の声が山にこだまするラストシーンは大変感動的である。

5 サウルさん

1) シュシュ (ハヤトウリ)

『ブラースの町で』11 章の用語解説を参照。

6 農場の使用人たち

1) 農場の使用人

植民地時代のブラジルを支えた砂糖や金の生産はアフリカ人奴隷の労働力に依存した。独立後の 19 世紀前半のコーヒー生産もまた奴隷の労働力に依存していた。奴隷貿易終結後は主としてヨーロッパからの移民がコーヒー農場の労働力を担った。移民の多くは賃金を貯め、自営農へ移行したり、都市へ移動し工場で働いたり、事業を起こしたりした。移民が減少した 1930 年代以後、農場の使用人を務めたのはおもに混血のブラジル北東部からの国内移民であった。サンパウロにおける北東部の出身者の経済的、社会的貢献は大きかったけれども、その多くは教育格差や人種差別により社会上昇を果たすことができず、都市部でも農村部でも使用人の身分であり続けた。

2) カボクロ

白人と先住民との混血した人や、白人で土着した人をいうが、厳密に人種的カテゴリーとして用いられていない。一般に農村の下層の労働者や失業者

などを指す。以前は軽蔑の意があったが、現在では搾取された存在として社会的立場の見直しや地位の向上を目指す運動が起きている。

3）カンジッカ

　乾燥白トウモロコシを一晩水につけた後、柔らかくなるまで煮こみ、牛乳とコンデンスミルク、砂糖を入れてさらに煮こんだ菓子。シナモンやクローブを加えることもある。温かくても冷たくてもよい。

　元々は奴隷たちの食べ物であったが、地主たちにも広がり、さらにブラジル全土で一般的なものとなったとされる。古くは聖金曜日（３月３０日、キリスト受難の日）の断食の日の食事だった。また、フェスタ・ジュニーナ（６月の祭り）ではトウモロコシを使った他の食べ物と同様、よく見られる料理である。

4）動詞の活用

　ポルトガル語は英語に比べて動詞の活用が複雑である。英語では現在時制の３人称単数の動詞に -s をつけたり、過去時制の動詞に -ed をつけたりする程度であるが、ポルトガル語では主語の人称（話し手か、話し相手であるか、そこにいない人もしくは事物であるか）により、また主語が単数か複数かにより、時制の変化により、法の変化（どのように言い表すかにより直説法や接続法、命令法がある）により、動詞の形が変化する。原文では以下のような説明が加えられている。「例えば、『私たちは行きます』を nós vai（正しくは nós vamos ※訳者注）、『私たちはここに戻ります』を nós vorta aqui（正しくは nós voltamos aqui ※訳者注）のように。また『私たちはそこに行きました』を nós fumo lá（正しくは nós fomos lá ※訳者注）、正しく言おうとしても『明日私たちは行きます』を amanhã nós irmo（正しくは amanhã nós iremos ※訳者注）などと言った」。

5）ねじりたばこ

　たばこの葉を乾燥して、それをロープ状の形にしたものをいう。実際にたばことして使用するには、小さいロープ状のたばこを小刀などで細かく刻み、

それを紙のようなもの（乾燥させた葉など）で包み、吸いやすい形状にする。

7　カウボーイのモアシール

1）セルタネージョ

　セルタネージョ（「セルタォン＝奥地」が語源）とはブラジルのカントリーミュージックである。1910 年代、ブラジル内陸部の農村地帯や都会、さらにはポルトガルの音楽の作曲者たちによって始められ、1920 年代に今日知られるような形が現れた。アコースティックギターとデュエットボーカルという初期からのスタイルを継承しつつ、リズム、楽器編成、メロディラインなど時代とともに変化してきた。アコーディオンが入ることが多い。現在ではブラジル大衆音楽の主流と言える人気ジャンルである。セルタネージョのミュージシャンの生涯を描いた映画「フランシスコの二人の息子」はブラジルだけでなく世界中で人気を博した。

2）頭のないラバ

　ブラジルの民話に登場する動物。馬のような体をしているが頭はなく、その部分には炎が燃えている。植民地時代にヨーロッパ人により伝えられ、ブラジルや他のラテンアメリカの国々に広まったとみられる。

　昔、神父は聖人であるとされ、神父に恋をした女性は天罰としてこの姿に変えられた。変身は木曜日と金曜日に起こり、頭のない馬の姿に変えられた女性は、いななきと女性の叫びの入り混じった声を上げながら野を暴れまわり、周りの物を炎で焼き、破壊した。人を踏み潰すこともあった。暴れまわった後、女性の姿に戻って目覚めるのだが、その体は傷だらけになっているのだった。鉄のくつわを外せば元の女性として蘇ることができるのだが、暴れる馬に近づくのは命がけの行為であった。

　もちろんこのような動物は存在しないが、この存在を信じる人も多く、特に農村に住む人に信じられているようだ。

用語解説

9 橋の下を流れる川

1) ビュイック

　ビュイックはアメリカの自動車メーカー GM（ゼネラルモーターズ）が製造した乗用車ブランドの一つ。1940 年代にはツーリング・セダンの型が販売された。文中のジョゼーおじさんのビュイックはこのタイプのものと思われる。

2) シボレー

　シボレーもビュイックと同様、GM のブランド車である。GM のブラジル進出はフォード社に続く。GM は 1925 年からシボレーの生産を開始している。以来、フォード社と GM が、ブラジルの自動車市場を牽引してきた。当時、新車が購入できる階層は限られており、中古車購入が一般的であったと思われる。なおシボレーはフランス語で、シボレーの設立に関わったスイス人ルイ・シボレーから採られた名称である。

第2部

ブラジルをよりよく知るための12章

第1章

ブラジル「発見」

　15世紀に入るとヨーロッパ人がヨーロッパ以外の地域を探検し開拓した「大航海」の時代が始まります。最初のクライマックスは15世紀末です。ポルトガルの船隊がアフリカ大陸の西岸を南下し、1487年、南端の喜望峰へ到達しました。1492年には、スペインの支援を受けてコロンブスが大西洋を西進し新大陸アメリカを発見しました。1498年にはヴァスコ・ダ・ガマが喜望峰を周回し、アフリカ大陸東岸を北上しインドに到着し、インドから香料を持って帰ることに成功します。このインド航路の発見はポルトガルに大きな富をもたらしました。

　1500年、ポルトガルはインドに向けて新たに船隊を派遣します。その船隊を率いていたのがカブラルで、偏西風を利用するため、アフリカ大陸沖から航路を大きく西に傾かせました。その結果、カブラルはブラジルに到達します。ポルトガル人にとって未知の地に至り、新たな領土を獲得したことからこの到達は「発見」と呼ばれています。しかしながらブラジルにはインディオと呼ばれる先住民が住んでおり、「発見」ではないという意見も、近年、強まっています。

　当時、盛んに海外に進出したポルトガルとスペインは世界の覇権を争っていました。領土問題を解決するため、世界を東西に二分割します。アフリカの西の沖に位置するカーボベルデ諸島から西方に370レ

ブラジルをよりよく知るための12章

グア（旧1レグアは5572メートルで約2072キロメートル）の経線の東側をポルトガル領、西側をスペイン領と取り決めました。この経線は、北アメリカ大陸の東の端の沖合いから、南アメリカ大陸の一部をかすめて南に走っています。1494年に締結されたこの協定は、締結された地であるスペインの都市の名前からトルデシリャス条約と呼ばれています。ブラジルを「発見」し、自国の領土であるとしたポルトガルの主張は、この条約が根拠になっています。

　その後、ポルトガルは、ブラジルを探索しましたが、めぼしい産物を見つけることができませんでした。唯一見つけることができたのは、赤い染料の原料であるパウ・ブラジル（ブラジルの木）で、そこからこの地はブラジルと呼ばれるようになりました。しかしながらインドの香料がポルトガルにもたらした富に比べれば、その価値は著しく劣ることから、しばらくの間、ポルトガルはブラジルを重視しませんでした。

　1520年から30年ごろ、ブラジルにサトウキビが導入されました。ブラジル北東部のバイーアやペルナンブーコは高温多湿なその気候に加え、肥沃で粘土状の土壌もサトウキビの栽培に適しており、少しずつ成功を収めるようになっていきました。インドとの香料貿易も少しずつ翳りが見えるようになり、ポルトガルも少しずつブラジルに関心を持つようになっていきました。そして1548年、ポルトガルの王室はブラジルに総督を派遣し、直接統治をするようになりました。

　サトウキビから生産される砂糖は、当時、世界市場において貴重な商品作物であり、大きな利潤をもたらしました。サトウキビ栽培に適したブラジル北東部では大々的にサトウキビ農場が作られました。1560年にはブラジルの輸出品の8割を砂糖が占め、17世紀になると、ブラジルは世界最大の砂糖生産地となりました。

第2章

奴隷制

　サトウキビの栽培から砂糖の精製まで、砂糖の生産には大量の労働力が必要とされました。ブラジルの宗主国であるポルトガルは小国で人口も少なく、ブラジルに大量の人を送りこむことは不可能であり、その結果、労働力は奴隷が担うことになりました。

　最初に試みられたのは先住民インディオの奴隷化です。バイーアやペルナンブーコでは大々的な隊列が組まれ、先住民狩りが行われました。そして時には数千人にも上る先住民が捕獲されました。生活していた土地を奪われ、文化を破壊され、時には命まで奪われるという先住民の苦難の歴史はここから始まりました。一方、ポルトガル人入植者とともにブラジルに渡ったイエズス会の宣教師たちは先住民の奴隷化に反対していました。1549年、日本にフランシスコ・ザビエルがやってきたのとちょうど同じころ、最初の6人のイエズス会士がブラジルに到着し、先住民の教化を図りました。イエズス会士は、先住民の小さな集落を組織し、生活を共にしながら布教を行いました。このような集落は、しばしば労働力を求める入植者たちの標的となり、襲撃を受けました。イエズス会士は武装して抵抗したり、ポルトガル本国政府に対する働きかけで先住民保護を目的とする法律ができたりしたものの、先住民の奴隷化は収まることがありませんでした。

　元来、狩猟民である先住民は定住して農作業をすることになじま

かったことや、先住民の奴隷化に対しイエズス会士が強硬に反対した
ことから、16世紀後半からアフリカ人奴隷を輸入することになりま
した。ポルトガルは15世紀にはアフリカ人を奴隷としてヨーロッパ
諸国に売却するという事業に手を染めており、すでにマデイラ諸島や
アゾレス諸島でのサトウキビ栽培でアフリカ人奴隷が使用されていま
した。そのためほどなくしてペルナンブーコのサトウキビ農場へのア
フリカ人奴隷の導入が始まりました。アフリカ人の多くは農耕を経験
していたこと、また身体が頑強であったことから、農場の労働力とし
て優れているとみなされ、その輸入は本格化していきました。

　どれだけの数のアフリカ人奴隷がブラジルに輸入されたかという正
確な資料は存在していませんが、おおよそ次のように推計されていま
す。16世紀に10万人、17世紀に60万人、18世紀に130万人、19世
紀に160万人、合計で360万人です。この数は、同時期、南北アメリ
カならびにカリブ海地域全体に輸入された奴隷の3分の1以上を占め
ており、他の地域に比べても圧倒的な数の多さです。1585年には、
総人口5万7000人（奴隷化されていない先住民は除く）に対し黒人
奴隷はすでに1万4000人を数えていました。このようにブラジルに
おける奴隷の割合人口の多さとその依存度は世界でも際立っていまし
た。

　スペインのポルトガル併合期（1580年から1640年）にオランダ人
がブラジルの砂糖生産地域を長期にわたって占拠した影響と、その後
のカリブ海のアンティル諸島での砂糖生産の拡大が、世界におけるブ
ラジルの砂糖の重要性を失わせていきました。その一方で17世紀末
にはブラジルで大きな事件が起こります。1693年、現在のミナス・
ジェライスにおける金鉱の発見です。ここからブラジルにおけるゴー
ルドラッシュが始まりました。17世紀に輸入されたアフリカ人奴隷
のほとんどが砂糖生産に関与したのに対し、18世紀から19世紀は砂

糖生産だけでなく、鉱山での採掘、食料や生活必需品の生産などに奴隷労働は広がっていきました。

第3章

ブラジルの独立とコーヒー

　金とダイヤモンドなどの貴金属や宝石の発見は、農場において一部の支配者が大多数の奴隷を支配するという硬直した社会に、流動性をもたらしました。奴隷は一定の金を生産することで、その報酬により自由を買うこともできました。また、一攫千金による成功を目指したゴールドラッシュの影響は、それをとりまく社会にも波及し、食料品の生産や輸送、販売などが活気づきました。

　金の採掘の最盛期は1730年から1770年の40年間で、それ以後は徐々に減少していきます。ポルトガルはブラジルの金がもたらす富に依存するようになり、金の生産量が減少すると税率を高めることで収入を維持しようとしました。そのためポルトガル政府に対するブラジル人の不満が高まり、ポルトガル支配に対する疑問を生じさせました。1789年には失敗に終わったものの、「ミナスの陰謀」と呼ばれるブラジル独立のための革命の企てが露呈しました。

　しかしながらブラジルの独立は思わぬところからもたらされました。イギリスと覇権を争っていたナポレオン率いるフランス軍がヨーロッパ大陸を封鎖し、ポルトガルにイギリスとの関係を断つように迫ったのです。イギリスと対立すればポルトガルはブラジルを失う危機にさらされます。そして、ナポレオン軍のポルトガル侵攻に対し、ポルトガル王室はブラジルへ移転することを選択したのです。1808年1

月、ポルトガルの王室とその随員一万数千人がリオデジャネイロに到着しました。

　ポルトガル王室のブラジル移転により、実質的にブラジルはポルトガルの植民地から脱することになりました。ナポレオンの失脚後、秩序を取り戻しつつあったポルトガルでは憲法を制定し、国王の帰還を求めました。国王ジョアン6世は王子ペドロを残し、ポルトガルへ帰国しました。ポルトガルはさらにペドロの帰国を命令しましたが、ペドロ王子は帰国を拒否し、1822年、「イピランガの叫び」として知られるブラジルの独立宣言を行いました。

　金の枯渇後、ブラジル経済を支えたのはコーヒー生産でした。18世紀前半にブラジルにもたらされたとされるコーヒーの種苗は、少しずつ拡散していきました。リオの王室も王立植物園で育成した苗木を配るなど、コーヒー栽培を積極的に奨励しました。コーヒーは、リオデジャネイロ市周辺からパライーバ・ド・スル川流域の未開発地を開発しながら、盛んに栽培されるようになりました。コーヒーはブラジルの最大の輸出商品になり、輸出全体に占める割合は、1821年から30年には18.4パーセントであったのが1831年からの10年には43.8パーセント、1861年以後は50パーセントを超えるようになりました。

　19世紀前半、世界的に奴隷貿易や奴隷制の廃止を主張する声が高まる中、ブラジルはこれに反するかのようにアフリカから大量の奴隷を輸入しました。農場経営者は未開発の土地を求めて、豊富な労働力と資金を投入し、コーヒー生産を拡大させていきました。気候や土壌にも恵まれ、豊富な土地と労働力を有するブラジル産のコーヒーは、生産量でも価格の安さでも世界のコーヒー市場を席巻しました。1850年以後は、世界のコーヒー生産に占めるブラジルコーヒーの割合は50パーセントを超えるようになり、ブラジルは国内でも海外でもまさに「コーヒーの国」になったのでした。

第4章

外国人移民の増加とブラースの町

　ブラジルのコーヒー栽培は新たな土地を大規模に開発し、土地が疲弊すれば移動するという原始的な方法で行われており、常に新たな土地を必要としていました。19世紀の後半には耕作地の中心がサンパウロへと移動していきました。また同時期のサンパウロではコーヒーの輸送のための鉄道網が徐々に整備され、大量生産とその輸送の体制が整い、輸出に拍車がかかりました。

　一方、アフリカ人奴隷の輸入は海外からの圧力により、どんどん困難になっていきました。1850年、ブラジル政府は奴隷貿易禁止法を発布し、新たな奴隷を輸入できなくなりました。奴隷貿易終結前の大量の奴隷の輸入は、増大するコーヒー生産の労働力の需要をしばらくの間、満たすことができました。しかしほどなくして奴隷の供給不足が生じるようになります。労働力として奴隷に依存できなくなると、奴隷制そのものの存在意義も揺らいでいき、その結果、1888年には奴隷制が廃止されたのです。

　奴隷に代わる労働力として想定されたのはヨーロッパからの移民でした。ブラジル南部では小規模ではありましたが、ドイツ人を中心としたヨーロッパ人が入植し、ある程度の成果を収めていました。また、1820年代からの100年間は「大移民」の時代としても知られ、ヨーロッパから他の大陸へ5200万人も移民しました。

新大陸はヨーロッパ人移民の主な渡航先ではありましたが、渡航先にはブラジル以外にもアメリカ、カナダ、アルゼンチンがあり、しかも、ヨーロッパ人移民はブラジルに対してそれほどよいイメージを持っていませんでした。ヨーロッパとは気候も異なり、黒人や混血人口が多く、社会制度やインフラストラクチャーも整わない国であるとみなしていたのです。そこで、サンパウロのコーヒー農園主たちは協力し、ヨーロッパ人に対し積極的な招致活動を行います。うたい文句は「渡航費無料」です。彼らの農場で働くのであれば、身ひとつでブラジルに移民できると宣伝したのです。ヨーロッパには、新たな可能性を求めて新大陸に渡る人々もいる一方で、人口増加により社会にうまく吸収されず貧困に苦しむ人もいたことから、1880年以後、ブラジルへ渡るヨーロッパ人の数は増え始めました。

　1880年から1900年にかけてはイタリア人が、1900年から1920年にかけてはポルトガル人やスペイン人が多数を占めました。1920年代、ヨーロッパ人移民の数が減少すると、日本人移民も数多くブラジルに渡るようになりました。

　サンパウロ市のブラース地区には移民を収容する施設が作られました。1888年に完成したその施設では多くの移民が、無料で宿泊し、仕事を探すことができました。ブラースにはサントス港からサンパウロ州内のコーヒー農園を結ぶ鉄道の駅があり、移動や手続きを行うのに便利な場所にありました。また、当時のブラースは郊外で、サンパウロ市で最初の工場の多くが建てられた地域の一つでした。コーヒー農場での仕事を終えて都市部に出てきたり、当初から都市部を目指したりした移民の多くがこのような地域に住み着くようになりました。中でもその数の多さで目立ったのがイタリア人です。町には大工場、小さな作業場、工具たちの住居、粗末な安宿が立ち並びました。そこで話されていたのはブラジルの公用語であるポルトガル語ではなくイ

タリア語でした。イタリア人を始めとする外国人移民は発展しつつあったサンパウロの町で、工業だけでなく、町のサービス業などの分野にも進出し、成功を収める人も増えていきました。

第5章

サンパウロ市小史①——最初の移民の到着

　1200万人以上の住民がいるサンパウロ市は、ブラジル最大の都市であるだけでなく、南半球最大の巨大都市です。同市はまた、世界でもっともポルトガル語の話者が多い都市でもあります。サンパウロ市は、同じ名前の州の州都であり、一般にブラジルの経済と金融の中心とみなされてます。一方で、ブラジルの歴史における、サンパウロ市の傑出した役割が始まったのは、きわめて最近のことであることを知って驚く人もいるのではないでしょうか。

　サンパウロ・ド・ピラチニンガ入植地は1554年1月25日にイエズス会の神父たちによって築かれました。中でもマヌエル・ダ・ノーブレガ神父とジョゼ・デ・アンシェッタ神父が、現地の先住民に布教するためにピラチニンガ高原に神学校を建てました。その後、この学校とその有名な中庭の周囲からこの町は発展していったのです。この入植地の名前は、キリスト教の使徒タルソスのパウロの回心の儀式に由来します。1553年にポルトガル人探検家ジョアン・ハマーリョによりその近隣に築かれていたサント・アンドレ・ダ・ボルダ・ド・カンポの町が、1560年、そのイエズス会士の神学校の周辺に移動したことから、名を現在の呼び名であるサンパウロとかえ、その村への入植が始まったのです。

　高台にあり防御に適していたことから、サンパウロの村は、約2世

ブラジルをよりよく知るための12章

161

紀の間、わずかにしか存在しなかった奥地の入植地の一つでした。その当時、ブラジル領地の経済と文化の中心は、北東部地方であったことを考慮することが必要です。北東部は輸出用の砂糖が生産されていただけでなく、ポルトガルによる統治機関も存在していました。1711年になってようやくサンパウロは市に昇格しました。それはミナス・ジェライス地方に金鉱が発見された後に、国の経済の中心が南にゆるやかに移動したからです。

サンパウロの市の歴史の初期には、探検と同時に先住民狩りを行ったバンデイランテとよばれる奥地探検隊員の活動に注視する必要があります。その隊員のほとんどがサンパウロの人たちで、貴重な鉱石、金鉱、奴隷にするための先住民やその他の富を求めて、奥地に深く入りこんだのでした。彼らはブラジルの領土の拡大に貢献したとも言えます。

18世紀の終わりになってサンパウロの経済的な役割は拡大しました。当初はサトウキビ、その後はコーヒーでした。コーヒーは18世紀の終わりにリオデジャネイロに導入され、19世紀の初めにパライバ川の流域へと広がっていきました。その地域にはテハ・ホッシャ（「赤紫の土」の意）と呼ばれる土壌があり、コーヒーの生産に最適だったのです。19世紀の大事件には、1822年のブラジルのポルトガルからの独立以外にもこのコーヒー生産の拡大があります。コーヒーはブラジルの最大の輸出商品であり、ブラジル経済をけん引しました。

コーヒーは、黒人奴隷の労働力による広大な農園で生産され、サントス港から出荷されました。19世紀の鉄道の出現は、この輸出を容易にしました。というのもそれ以前はラバの背に載せて輸送していたのですから。1888年に、奴隷制が終わりをつげ、翌年に共和制になりました。コーヒーの生産はピークに達し、パライバ川流域の土地を使い果たし、サンパウロ西部へと生産地は移動しました。奴隷労働力

の代わりとして、サンパウロに多くの移民が到着しました。イタリア人、スペイン人、ポルトガル人、レバノン人、ドイツ人、日本人など。ここから私たちがよく知る巨大都市サンパウロが始まったのです。

第6章

サンパウロ市小史②——旧共和制から今日まで

　移民はサンパウロの様相を全く変えてしまいました。当初、コーヒー農園に向かう移民は、サントス港に上陸し、かならずサンパウロ市の移民収容施設を通過しなければなりませんでした。ほどなくして多くの移民が町に住むようになり、この本で書かれているブラースのようなエスニックコミュニティや外国人の集中地が生まれました。

　ブラジル共和国の初期は、旧共和国（1889年～1930年）と呼ばれています。国政においてサンパウロの地位は急速に大きなものとなりました。コーヒーの富に後押しされ、サンパウロの政治への影響は「ミルク入りコーヒーの共和国」と呼ばれるほどでした。この時期は二つのコーヒーの大生産州のサンパウロとミナス・ジェライス（後者はミルク生産州でもあります）が交互に大統領を輩出したのです。パウリスタ大通り（1900年）が建設されたのもこのころです。そこにはコーヒー生産者の大邸宅が立ち並んでいました。今ではほとんど残っていませんが。

　人口の増加もすさまじく、1890年にサンパウロ市の人口は、20万人以上となりました。1928年には100万人に達しました。もう地方都市とは言えません。国を代表する大都市です。首都リオデジャネイロと都市域の大きさでも重要さでも張り合うようになったのです。文化の面でもサンパウロは主役となっていきます。1922年の現代芸術

週間の舞台となり、マリオ・デ・アンドラーデのような芸術家たちが、この町への愛情を歌い上げました。そしてこの町がもっとも緊張したのは、おそらく、1932年の護憲派革命でしょう。ジェトゥリオ・ヴァルガス臨時政府に対しサンパウロは一丸となって武器を手にしたのです。敗北したにもかかわらず、その後、この動きはサンパウロ州の人々の記憶から消えることはありませんでした。

　都市の工業化もまた20世紀の初めからのその歴史の特色です。その活力を称して「眠ることがない町」という異名も生まれました。サンパウロは、小川を運河にしたり、川を埋めたりして、新しい道路、地区や製造拠点を建造するなど大きな変化を経験しました。サンパウロは紛れもない大都市へと変貌したのです。その変化がもっとも大きかったのは1940年代から50年代にかけてでした。21世紀の初めには、今日ではあれほど汚れてしまっているチエテ川で泳いだり、魚釣りをしたりした記憶を持つ人に出会うこともあったのです。

　また1950年代から60年代以後、他の国内各地のブラジル人が大量にサンパウロを目指したことも特筆に値します。主に北東部の人たちが、リオやサンパウロなどの南東部へ、仕事と良い暮らしを求めて移動しました。大サンパウロを構成するABCパウリスタ（Santo André：サント・アンドレ、São Bernardo：サン・ベルナルド、São Caetano：サン・カエターノ）は自動車産業の中心で、このような国内移民たちの多くが、これらの産業の労働力を担いました。

　他の大都市と同様に、サンパウロは多くの問題に直面しました。最大の問題の一つが、その場しのぎの無計画な都市部の規模の拡大でした。サンパウロではその急成長のリズムにインフラの整備が追いつきませんでした。そこから都市問題が生じたのです。ファヴェーラ（スラム）の出現、洪水の発生やゴミの収集など。犯罪もそれらの問題の一つでしょう。

ブラジルをよりよく知るための12章

しかしながら、サンパウロは経済面だけでなく、文化の面でもブラジルを代表する地位にあると言えるでしょう。サンパウロには、有名な美術館、劇場や多様なレストランもあります。そこにはブラジルの最良の大学であるサンパウロ大学（USP）があります。何よりも、サンパウロは、何百という民族が一緒に暮らしているというブラジルの文化の多様性を体現した町なのです。

第7章

映画、ラジオ、
そして移民によるサンパウロの大衆文化

　サンパウロ市の経済と人口の急激な成長期は、映画、ラジオ、そしてそれに次ぐテレビの出現の時期と一致しています。経済面、社会面において、サンパウロ市とブラジルの社会が一体となってそのあり様を変化させたというだけでなく、同じように、文化的な側面においても近代化の波がブラジルを変貌させたのです。

　映画は 19 世紀末にはブラジルに到来していましたが、映画館の建設ラッシュが起こり、アメリカ映画を主とする外国作品の輸入が伸びたのは、1910 年代から 20 年代にかけてのことでした。また、ブラジルでのラジオ放送は 1920 年代初頭には開始されていたものの、多くのラジオ局が開設されラジオを聴くことが一般に普及したのは 1930 年代に入ってからでした。そして 1938 年、ブラジル国民は、フランスのラジオ局によるワールドカップ中継に耳を傾けることとなるのです。続いて、第二次世界大戦、とりわけヨーロッパ前線のラジオニュースが皆の高い関心を集めました。テレビの出現はさらに後の 1950 年代のことでした。

　国際色豊かな、多くの移民が住むこの町サンパウロでは、外国映画の上映がブームになっていきます。とりわけドイツ、イタリア、アラブ、日本出身の観客向けに、祖国への郷愁を誘うような作品の上映が

ブラジルをよりよく知るための 12 章

167

多くの映画館で行われました。ベシーガにシネマ・イタリアーノ、大戦後に日本人街となったリベルダージに多くの日本映画館が見られたように、サンパウロ市の、諸国からの移民たちのコミュニティがある各々の町の中心に、このような映画館が存在しました。同様に、ラジオの普及によって、短波ラジオによる外国語の放送も珍しいものではなくなったのです。

　映画やラジオだけでなく、サンパウロでは、戦前から、外国語によるジャーナリズムも活発な様相を呈していました。イタリア語や日本語、ドイツ語の新聞・雑誌が発行され、文壇までも存在しました。子どもの教育も多くの移民にとって非常に頭を悩ませる問題であり、親たちの母国語を教える外国人学校もよく見られました。

　サンパウロ市への移民の流入は人口を増加させただけでなく、この町の文化をも豊かにしました。リベルダージ、ブラース、ベシーガ、そしてモオカのような旧移民地区は文化の中心地となり、すでに20世紀の後半には、サンパウロ市のもっとも際立った特色を支配するに至るのです。

第8章

ブラジルサッカーの歴史①──国技になるまで

　ブラジルと聞いて多くの人が思い起こすのは、間違いなくカーニバ
ルとサッカーでしょう。800以上のプロサッカーのクラブがあり、連
盟に登録した選手の数は1万1000人を数えます。サッカーは国内で
もっとも多くの競技人口を有しており、イギリス発祥のスポーツとは
いえ、ブラジルの国技がサッカーであるのは衆目の一致するところで
す。

　ブラジルへのサッカーの伝来については諸説あります。よく言われ
ているのはイギリス系ブラジル人の学生であったチャールズ・ミラー
が、1894年、ヨーロッパに滞在した後、ブラジルに帰る際にサッカ
ーのボールを持ち帰ったという説です。1870年にはイギリス人の船
員たちがブラジルの港でサッカーの試合を行っていたという説もあり
ます。いずれにしても20世紀の初めには、このスポーツはブラジル
で広く行われていました。とくにエリートたちの間で。

　1920年代にこのスポーツは人気を博し、はじめて黒人選手やエリ
ート以外の一般大衆の選手が受け入れられるようになりました。重要
であるのは、当初、ブラジルのサッカーは白人のエリート層に限定さ
れ、一般大衆に広がっていったのは段階的であり、それも大きな抵抗
に直面したという事実です。また1920年代にサッカーはプロ化され、
地域のチームや市や州のリーグが創設されました。1919年には南米

ブラジルをよりよく知るための12章

169

選手権の決勝で、ブラジル代表がウルグアイ代表に 1 対 0 の歴史的な勝利を収めました。そこから歴史をつくったきらめくスターが現れました。虎(エル・ティグレ)の異名を持つアルツール・フリーデンライヒ、ファウスト・ドス・サントス、ドミンゴス・ダ・ギア、レオーニダス・ダ・シウヴァ、ヴァウデマール・ヂ・ブリットらです。

1930 年にはワールドカップ(現在の FIFA ワールドカップ)が初めて開催され、以後、ブラジル代表は今日までのすべての大会に出場しています。第二次世界大戦後の 1950 年、初めてブラジルで大会が開催され、ブラジル代表は決勝に進みました。国民全員の期待に反し、ブラジルは決勝でウルグアイに敗れ、ウルグアイは二度目の栄冠を手に入れました。このエピソードは「マラカナンの悲劇」として知られています。

1950 年代はブラジルサッカーの「古典期」と呼ばれる時代の始まりです。1958 年のブラジル代表は初めて世界一の称号を手に入れ、多くのタレントを輩出しました。ガリンシャ、ニウトン・サントス、ザガーロ、ペレ。ペレはブラジルのサッカー史上もっとも偉大な選手とされています。1962 年に再び栄冠を手にし、1970 年のメキシコ大会で三度目のチャンピオンになりました。

ジーコやソクラテスといった優れた選手を有しながらも、1980 年代、ブラジル代表は一度もワールドカップを手にすることができませんでした。1994 年までなんと 24 年もの間、ブラジル代表チームは世界タイトルを得ることができなかったのです。そしてその 1994 年のアメリカ大会では、ロマーリオ、ロベルト・カルロス、ベベットらのタレントを擁し四度目のチャンピオンになりました。2002 年の日韓大会ではロナウドを筆頭に五度目の栄冠を手にしました。2014 年にはブラジルで二度目のワールドカップが開催されましたがブラジルは準決勝で優勝国ドイツに 7 対 1 の屈辱的な敗北を喫しました。それで

もブラジルは世界で唯一、五度の優勝を誇る国なのです。

第9章

ブラジルサッカーの歴史②——ビジネスと文化

　ブラジルのサッカーの歴史は勝利と栄光に満ち溢れています。ブラジル人の大部分はサッカーを心から愛していることは間違いありません。しかしながら「サッカービジネス」と呼ばれているものに批判的な目を向けることも必要です。そうすることで、この国技であるサッカーに関する我々の理解を深め、固定観念を解きほぐしてくれるかもしれませんから。

　サッカーは民主的なスポーツだと考えられています。一般大衆が常に関与してきたからです。前章で述べたように、ブラジルに導入された当初はエリートのスポーツでしたが、1920年代にはもっとも貧しい階層の人たち、とくに非白人の人たちがこのスポーツを行うようになりました。

　サッカーは郊外の貧しい少年に社会上昇のチャンスを与えてきました。カフーやロベルト・カルロス、ロナウジーニョなどは最貧層の出身ですが、サッカー選手として名声と富を手に入れることができました。サッカーは貧困から逃れるための手段であることは間違いありませんが、プロ選手になることができる割合はごくごくわずかです。そのような選手の大部分も薄給に甘んじています。あらたな才能は「情報屋」と呼ばれる選手発掘のプロにより、年端もいかないうちに見出され、クラブの下部組織と契約を行います。競争は熾烈で、練習も厳

しいものです。ほとんどの少年がプロを目指して教育を犠牲にするのです。プロになることができるのはごくわずかで、ほとんどのプロ志望の若者たちは、サッカーという祭壇にささげられたのち、徒手空拳で社会に放り出されるのです。

サッカーはほんとうに国技なのでしょうか。たしかに一番人気があるスポーツではありますが、サッカーに興じることも関心をもつこともないブラジル人も数多く存在します。サッカーの一極支配は、他の多くのスポーツのことを考えると問題であると言わざるをえません。メディアからの関心も、公的な支援も民間の支援も、サッカー以外のスポーツは十分ではありません。バレーボールもバスケットボールも水泳も体操も、女子サッカーさえも常に男子サッカーの影に隠れてしまっています。

「国民の熱狂」も政治目的で利用されてきました。ジェトゥリオ・ヴァルガスが新国家体制と呼ばれた独裁政権でポピュリズム的政治の一環としてサッカーを推進したことはよく知られています。1970年の三度目の優勝は、ブラジルが軍事政権下に置かれていた時期で、ここでも同様にサッカーは、ナショナリズムや愛国主義を刺激するのに用いられました。

ブラジルのサッカーは今でも世界一なのでしょうか？　ブラジルのサッカー選手の質の高さは議論の余地はありませんが、若きタレントの海外流出にも注目する必要があります。1970年代や1980年代とは異なり、今日のブラジルのプロのサッカー選手でブラジルだけで全キャリアを終える選手はわずかです。多くのブラジルの選手はヨーロッパやアジアのリーグと契約し、そのため国内リーグの質の低下を招いているのです。例えば、ロナウジーニョ、カカ、ネイマールといった近年の大スターも全盛期はヨーロッパで過ごしています。

このようにブラジルのサッカーは、見た目よりもずっと複雑な問題

を抱えていると言えます。ブラジル人のサッカーへの愛は否定できない事実ですが、今日のブラジルをよりよく理解するためには多面的な理解が必要なのです。

第10章

人種民主主義の国

　1889年、ブラジルは王制を廃止し、君主制から共和制へ移行しました。その後、コーヒー生産者の力が強まり、政治はコーヒー生産州であるサンパウロと畜産州であるとなりのミナス・ジェライス州が結託し、交互に大統領を送り出す「ミルク入りコーヒー」体制が続きました。第一次世界大戦が終結し、ヨーロッパからの移民が途絶えると、ブラジルはブラジルらしさを模索し始め、体制に対する不満も高まっていきます。1929年には世界大恐慌が発生し、ブラジル経済にも大きな打撃を与えました。

　そのような不満を背景に登場したのがジェトゥリオ・ヴァルガス大統領です。彼は民衆の不満と軍部の支持を背景にクーデターを起こし、1930年、政権の座につきました。彼はポピュリズムと呼ばれる手法を用いて、圧倒的な国民の人気を集めます。1934年の憲法で結社の自由を認めたものの、1935年にはブラジル共産党を弾圧しました。共産党が反発すると戒厳令を発し、1937年、ヴァルガスは再びクーデターを起こして、「新国家」体制と呼ばれる独裁を手に入れました。ヴァルガスは、国民の統合を目指していたことから、外国人移民の同化政策を推し進め、黒人や混血人の産業構造への統合を進めました。

　欧米を理想とする白人国家を目指していたブラジルは、それまで国民に多数の黒人や混血人が存在することに劣等感を抱いていました。

そのような中で、国民意識の醸成のために利用されたのが、社会学者ジルベルト・フレイレがその著書『大邸宅と奴隷小屋』で主張した「人種民主主義」という考えでした。ここでいう民主主義とは政治制度ではなく、「友愛」とも言い換えられるものです。ブラジルでかつて存在していた奴隷制は温情的で、奴隷は人間的に扱われ、その結果、混血が進行し、異人種に対する反発がなくなり、調和していったと主張しました。それまで否定的にとらえられていた人種混交を国家的な特徴であり象徴であると肯定的にとらえなおしたのです。

　人種民主主義の考えは、公式に人種隔離を行ったり人種間が対立したりしている国々、とくにアメリカに対する強力なアンチテーゼとなりました。ブラジルは優越感とともに人種差別の存在しない国であるという国家のアイデンティティを強力に推し進めました。ヴァルガスは、リオデジャネイロのカーニバルを国家的な行事とし、黒人や混血人が主役を務めるそのイメージを国内にも国外にも発信しました。

　ヴァルガスの独裁体制は、第二次世界大戦終結を機に崩壊し、民主主義が復活します。1956 年に就任したジュセリーノ・クビシェッキ大統領は、急激な工業化を押し進め、新首都ブラジリアを建築しました。積極的な経済政策による好況にブラジルは沸き上がりましたが、1959 年にはインフレが進行し、対外債務もふくらみ、ブラジルに不況の波が訪れることになりました。キューバで社会主義革命が成功すると、ラテンアメリカに社会主義が広がることを恐れるアメリカとソ連との間でのさや当てがブラジルにも影響を及ぼすようになりました。不況を背景に民衆の不満が沸き立つ中、1964 年、ブラジル軍によるクーデターが発生し、軍部が政治を掌握する軍事政権が誕生しました。

第11章

格差と暴力

　黒人選手ペレが率いるサッカーのブラジル代表がワールドカップを制すると、その熱狂はブラジル国民全体を揺るがしました。それと同時に、人種民主主義はブラジル人にとってますます誇るべきアイデンティティとなっていきます。1964年に始まった軍事政権下でも、その状況は変わりませんでした。政府はアフリカ諸国との関係を深め、アフリカ系のカンドンブレと呼ばれる新興宗教も広く認知されるようになるなど、アフリカ文化はますます国民にとって身近になりました。

　軍事政権の独裁に対する国民の反発に、政府は強硬に対処しました。検閲も強化され、左翼勢力は徹底的に弾圧されました。同時に政府は経済の立て直しと重化学工業化も図りました。1968年からの1974年には国内総生産が年平均で11パーセントという高い成長を記録しました。この未曽有の好景気は「ブラジルの奇跡」と呼ばれ、中産階級を中心にその富を享受しました。その一方で貧困層は相応の利益を得ることができず、格差は拡大しました。そして、1973年に発生したオイルショックは、ブラジルの好況に影を投げかけました。その後、貿易赤字が膨らみ、対外債務も急激に増加し、インフレも進行しました。

　不況がより深刻になり、国民全体が軍事政権に対し不満を募らせました。1984年、新たに行われる大統領選挙を機に、再民主化と軍事

ブラジルをよりよく知るための12章

177

政権下で制限されていた大統領選挙権の回復を求めた「今すぐに直接選挙を」をスローガンにした大規模なデモが繰り返されました。その結果、1985年には再民主化を標榜する大統領が当選し、政治的解放が達成されたのでした。

　ブラジルの経済危機はそれでも改善しませんでした。マイナス成長とインフレが同時に発生するスタグフレーションに陥り、「失われた10年」と呼ばれる不況とハイパーインフレにブラジル経済と国民は叩きのめされました。

　この時期のブラジルでは目を覆うような事件が続出します。1992年にはサンパウロのカランジル刑務所での囚人虐殺、1993年にはリオのカンデラーリア教会でのストリートチルドレンの虐殺やヴィガリオ・ジェラウというファヴェーラ（スラム街）での警官による住民への襲撃などが起こりました。

　1992年にはリオデジャネイロで「地球サミット」と呼ばれる環境と開発に関する国際連合会議が開かれます。世界172か国の代表が参加し、NGOの代表約2400人など、のべ4万人がリオデジャネイロに集結しました。世界中の人々から目撃されたブラジルは「世界一貧富の差が激しく、アフリカ系の人々が最貧層に甘んじる人種差別の国」であると喧伝されました。ブラジルの人々も、このような状況を背景にして、人種民主主義の神話を否定し、少しずつ人種的不平等の現状を肯定するようになりました。

　市民はこのような状況に対して動き始めました。社会学者で活動家のベッチーニョ（本名エルベルト・デ・ソウザ）が提唱した「飢餓撲滅と命のための市民運動」はブラジル中に広がりました。メディアでもさかんに告発が行われ、ブラジルの貧困や暴力を描いた「セントラルステーション」や「シティ・オブ・ゴッド」などの映画は世界中で鑑賞され、高い評価を受けました。

1994 年にはレアル計画と呼ばれる経済安定化政策を実施しました。1995 年には同計画を主導したフェルナンド・エンリケ・カルドーゾが大統領に就任し、インフレを収束させました。有名な社会学者でもあるカルドーゾ大統領は、公式に人種民主主義を否定し、人種差別の存在を認めました。

第12章

ブラジルと日本の人のつながり

　ブラジルは、日本からもっとも遠く離れた国の一つですが、人の交流ではもっとも近しい国と言っても過言ではありません。ブラジルの日系人人口は世界最多で160万人とも言われています。第1回のブラジルへの日本人移民は1908年にさかのぼります。791人の移民を運んだ汽船の名を取って「笠戸丸移民」と呼ばれています。ブラジルへの日本人移民は戦前が約18万6千人、戦後が5万数千人を数えます。日本人がブラジルへ移住した理由はさまざまです。経済状況が振るわず仕事を求めて移住した人もいれば、大きな可能性を求めて海を渡った人もいました。

　当初の日本人移民は、農業雇用労働者がほとんどで、その多くがサンパウロ州政府より渡航費の援助を受けてコーヒー農場で働きました。「3人以上の労働力を有する家族移民」が条件で、多くの人々がブラジルで子孫を増やしていきました。日本人移民は、イタリアやポルトガルなどのヨーロッパ出身者に比べて数が少なかったことや、文化・言語などが異なっていたことから、ヨーロッパ出身者のように容易にブラジル社会に進出することができず、農業に従事するケースがほとんどでした。彼らは互いに協力し合いました。その結果、ブラジル社会から孤立したコミュニティをつくり、その中で日本語だけを使い、日本の習慣を続ける日本人やその子孫も数多くいました。

180

1942 年の日米開戦後、ブラジルは日本と国交を断絶しました。ブラジルの日本人は不動産の売買の禁止、日本語の使用禁止、日本人同士の集会の禁止などの制限を受けました。1945 年、日本敗戦のニュースが伝わると、孤立感を強め日本の勝利を信じていた人々の中に「日本は勝利した」というデマが広がり、それを信じるか信じないかで日本人同士が対立する事件が起こり（「勝ち組・負け組」事件とも呼ばれます）、テロも発生しました。

　戦後、日本人の多くはブラジル永住を決心します。そして教育をベースにブラジル社会への進出を試みます。ブラジルの日系人は非常に高い大学進学率を誇り、社会上昇を果たしています。また農業の分野でも日本人と日系人の功績はブラジル社会でも高く評価されています。今日ではブラジル社会の中で日系人はブラジル人としての確固たる地位を占めています。

　1980 年代の半ば、ブラジル経済がどん底を迎える一方で、日本では空前の好景気を迎えます。1985 年の「プラザ合意」以後の円高は海外との賃金格差を生み出します。労働力不足を背景に、企業も労働力を求めたことから、外国人労働者が日本に殺到し、中には非合法で働く人も数多く見られました。ブラジルに住む日本国籍を持つ人やその子どもの一部も日本に帰国し働くようになりました。これは「デカセギ」と呼ばれ、この言葉はポルトガル語にもなりました。わずか数年働くだけで大邸宅を建てるなど、デカセギを終えて帰国した人がもたらした富は、ブラジルに住む日系人を驚かせ、その後、デカセギ希望者が急増しました。

　しかしながら当時、誰でも日本で働けるわけではありませんでした。そこで 1990 年、出入国管理及び難民認定法が改正され、「定住者」と呼ばれる在留資格が新設され、日系人（二世の配偶者および三世とその配偶者と未成年で未婚の子）が日本に入国し、生活し働くことがで

きるようになりました。1986 年に 2135 人に過ぎなかった日本でのブラジル人の数は、1990 年には 5 万 6429 人、2000 年には 25 万 4394 人、2007 年には 31 万 1917 人を数えました。彼らはほとんどが日系人ではありましたが、育った環境も社会も異なります。日本社会ではまったくの「外国人」であることに変わりはありませんでした。ブラジル人は愛知県、静岡県、岐阜県、三重県、滋賀県、群馬県などの製造業の現場で働くことが多く、公営住宅や会社の寮などに集住しました。滞在の長期化とともに家族を呼び寄せたり、新しく家族をつくったりしたため、子どもの数も増え、日本の公立の小中学校の現場では日本語が不十分な外国人の子どもたちへの教育に試行錯誤が繰り返されました。そのような中、ブラジル人としてのアイデンティティと母語であるポルトガル語を重視する親からの要望を受けるような形でブラジル人学校が開設され、ブラジル人集住地区を中心に、開校が相次ぎました。

　日本人のブラジル移民 100 周年を迎えた 2008 年、リーマン・ショックと呼ばれる金融危機が世界を襲います。日本経済も深刻な不況に苦しむことになりました。一方、ブラジルでは 2003 年に労働者党党首のルーラが大統領に就任しました。資源価格の高騰や中国など新興国経済が好調なことから輸出が拡大し、高い成長率を示しました。さらにブラジルでのサッカーワールドカップとリオデジャネイロ・オリンピックの開催も決定しました。世界の GDP ランキングでも 2008 年は 9 位、その後も毎年順位を上げ、2011 年には世界 6 位を記録しました。

　ブラジルの好況と、日本のリーマン・ショック後の不況および 2011 年に発生した東日本大震災とその後の福島の原子力発電所の事故を受けて、日本にいた多くのブラジル人が帰国しました。2012 年末には 19 万 609 人と 2007 年から 10 万人以上減少しました。

しかしながら2014年からブラジルの経済状況がふたたび悪化を始めました。その結果、2015年まで減少を続けた日本のブラジル人の人口は、2016年から再度増加傾向に転じています。

　グローバル化が進んだ現在、経済だけでなく、このような人の往来を通して、ブラジルと日本の結びつきはますます強くなっています。このような特別な二国間関係はこれからも変わることはないでしょう。

著者について

　『ブラースの町で』と『両手を上げて』の著者ドラウジオ・ヴァレーラは、1943 年、サンパウロで生まれた。サンパウロ大学卒。腫瘍医。ブラジルでもっともよく知られた医師の一人である。ラジオやテレビ番組にも出演し、医学を一般大衆に普及した。ヴァレーラは腫瘍以外にエイズの研究にも従事し、ブラジルにおけるエイズ、特にカポジ肉腫の研究のパイオニアの一人でもある。1989 年にカランジル（サンパウロ刑務所の通称）で矯正医の仕事を始め、囚人たちの HIV（ヒト免疫不全ウイルス）の感染率を調査し、2002 年、同所が閉所されるまで同職を務めた。ヴァレーラは刑務所でのエイズ予防プロジェクトの一環として漫画雑誌も刊行した。

　また、作家としても名を馳せている。本書内に収められている『ブラースの町で』は、2001 年、イタリア・ボローニャの国際ブックフェアーで「新たな地平」賞、リオデジャネイロの本のビエンナーレで「児童文学の優れた作家」賞を受賞している。

　ヴァレーラの作家としての業績の中でも特筆されるのは『カランジル駅』である。同書は彼がカランジルで医師として体験したことを著したノンフィクションで、1999 年に発表された。同書はベストセラーとなりジャブチ文学賞を受賞した。

　『カランジル駅』は、サンパウロの中心部にある刑務所の一つで、同名の地下鉄の駅にほど近い場所にあるカランジル刑務所での日常と、1992 年の刑務所内での虐殺を描いた作品である。カランジルは、ラテンアメリカの最大の刑務所で、定員をはるかに超えた数の囚人が収容されており、

そのため囚人同士の犯罪も後を絶たなかった。また、囚人たちの多くが、性行為や麻薬の使用を通じてHIVに感染し、エイズを発症していた。ヴァレーラは、1989年以来、ボランティアで矯正医を務め、エイズの管理と予防に尽力した。同書では、その経験から知悉した刑務所の日常、グループでの対立、さまざまな囚人たちの個人的な事情などが描かれている。ヴァレーラは、犯罪の原因のほとんどがブラジルの社会的不平等に起因していることも指摘した。クライマックスはブラジル史上もっとも残酷な刑務所の暴動の原因となったカランジルの囚人たちの紛争と、軍警察隊によるその残虐な制圧の記述である。「カランジル刑務所虐殺事件」として知られるようになったこの事件は、1992年10月2日に発生した。囚人の暴動に対して、68名の警官が発砲し、囚人102名が射殺され、9名が他の囚人により刺殺された。そのほか多数の負傷者が発生した。同書は、その後2003年に、エクトール・バベンコ監督により「カランジル」のタイトルで映画化され、日本でも公開された。

訳者あとがき

　本書の出版は、監訳者が講師を務めるポルトガル語の社会人講座に端を発する。社会人講座の受講生は老若男女、経験も年齢もさまざまな人が集う楽しい場所である。ポルトガル語講座には、ブラジル音楽愛好家、地域の日本語教室で外国人に日本語を教えている人、ブラジルに赴任された人やその家族、またはこれから赴任される人、他のロマンス語を制覇しポルトガル語に辿り着いた猛者などさまざまな受講生がいる。世代は、学生から年金生活者まで多岐に亘っているが、どちらかというと高齢の方が多い。

　受講生の中で異彩を放っているのはブラジル滞在経験者である。講師が行う浅薄な説明を、体験に根差した深い知識で、また講師に恥をかかせない程度の軽やかさでもって補ってくれる。おかげで授業が楽しく活気あるものとなる。講座ではさまざまなテーマのポルトガル語のテキストを読んできた。ボサノヴァ、ブラジルの歴史、アフリカ人奴隷、アマゾンに入植した日本人移民など。

　このようなテキストの中で、本書第1部で訳出した『ブラースの町で』は、受講生の多くの共感を呼び、その中で語られるエピソードや当時の風俗などに対するさまざまな興味を呼び起こした。中でも講座のリーダーである団塊の世代の人たちの琴線に触れたのが、日本に落とされた原爆を想起するエピソードや、子どもたちが夢中になった食玩、西部劇、薬の空き箱などの思い出だった。原爆のエピソードはやや唐突な印象があるものの、地球の反対側にいた少年がはるか遠く離れた日本の原爆投下に思いを馳せる。医師である著者がやや科学的に原爆投下を描写するそのシーンは、当

時のブラジルののどかさや平和さを際立たせると同時に、同時代者としての共感がにじみ出たものだった。また、日本の戦後復興期さながらにサンパウロの子どもたちが体中泥まみれで遊びまわるその様子は、団塊の世代に少年時代の日々を懐かしく思い出させた。

当時のサンパウロの労働者の町の活気は、ブラジルの発展の象徴であり、将来のよりよい生活への希望に満ち溢れていたものの、その後のブラジルは紆余曲折を経ることとなる。そして20世紀末には、往時に描いていたバラ色の未来とは正反対の現実に直面することになった。すなわち深刻な貧富の格差や暴力の問題である。それがもっとも悲惨な現実となって現れた事件が、著者ヴァレーラが矯正医を務めたカランジル刑務所での囚人の大虐殺事件である。この事件が著者に計り知れない大きな絶望感を与えたことは想像に難くない。その結果、彼はこの事件の当事者の一人としてノンフィクション『カランジル駅』を著し、ブラジルの現実をブラジル社会ならびに世界に告発したのである。そしておそらくこの『ブラースの町で』とその派生作品『両手を上げて』は、『カランジル駅』とコインの裏表の関係にあると言えるのでないか。これらの作品で、著者は古き良きブラジル、外国人移民に対しても大きな可能性を与えてくれたおおらかなブラジルを懐かしく思い起こしている。その筆致はあくまで温かく優しい。

本書はまた、ブラジル近現代史の重要な1ページである移民史に血肉を与える役割を果たしている。日本人移民の歴史についてはフィクション、ノンフィクション、研究書などさまざまな文献が日本で発表されているが、ブラジルで大多数を占めたそれ以外の外国人移民について記された文献は日本においてはほとんど見られない。本書はブラースの町を舞台に、イタリア人、スペイン人、ポルトガル人、ドイツ人移民の生活の様子の一端を生き生きと伝えてくれる。

本書第1部は、監訳者である伊藤秋仁が松葉隆、北島衛、神谷加奈子と共同で翻訳し、互いに目を通した。用語解説は上記の4人が分担して執筆した。第2部は、1章から4章と10章から12章を伊藤が執筆し、5章か

ら9章と「著者について」はフェリッペ・モッタがポルトガル語で記した。モッタの担当分は、訳者4人が共同で翻訳した。モッタは伊藤とともに全体の監修も行った。神谷はパソコンを使用しない年長者に代わっての入力や全体の用語統一なども行った。

　末尾にブラジルへの感謝と本書への思いについて、松葉と北島が記したエッセーを添える。

　行路社社主の楠本耕之さんに大変お世話になりました。細かな気配りと的確なアドバイスは、訳者にとって大きな助けとなりました。南山大学エクステンション・カレッジにはポルトガル語講座を開催いただき、訳者一同が顔を合わせる機会を提供していただきました。著者ドラウジオ・ヴァレーラ先生には、本書の日本での出版をご快諾いただくと同時に、温かい励ましの言葉もいただきました。京都外国語大学国際言語平和研究所には貴重な出版助成を授かりました。訳者一同、深く感謝を申し上げます。

　2018年1月

伊藤 秋仁（監訳者）

訳者あとがき

団塊世代の少年時代──スーパーカミオカンデの町から

松葉 隆

　著者のブラースでの少年時代に起こす向こう見ずな行動は、私のような団塊世代の者なら少なからず体験していて、大変懐かしく思った。ブラースとは背景や環境が異なるが、当時の子どもたちは生き生きとしていたと思う。ブラースでも、子どもたちが徒党を組んで、周囲の大人たちの目をかすめて遊びに夢中になって打ちこむ姿があったが、私たちの少年時代にあたる昭和 30 年代は、大人たちは戦後の復興のために懸命に働き、子どもたちは、生活物資の少ない中で身近にある食用可能な物を調達し、着る物は兄や姉からのおさがりで過ごした。遊びでは、身の周りの物を使い、子どもどうしで知恵を出し合って、もっと楽しくなるように工夫した。

　ところで、私が生まれ育った故郷の神岡町は、他の地域とは少し違った歩み方をしていたように思われる。神岡町は岐阜県最北端の飛騨市にあり、現在はスーパーカミオカンデ（世界最大の地下ニュートリノ観測装置）のある神岡鉱山で知られている。私の少年時代当時の神岡鉱山は、技術革新を重ね、亜鉛と鉛の東洋一の生産量を誇り、最盛期を迎えていた。町外からたくさんの人々が鉱山に働きにやってきて、町の人口は 2 万 7 千人を超えていた。都会の学校を卒業し町内の学校に赴任してきたばかりの新任教師が「神岡は山間の大都市であります」と話したのを、今でも覚えている。働く人々とともに子どもたちが転校してきた。これらの転校生は、地元の私たちにとって、私たちの知らない世界を運んできてくれる大切な情報源の役割を持っていた。彼らの話す言葉、恰好、しぐさに物珍しさと憧れを感じた。なかでも思い起こされるのは、学校の授業や種々の活動で彼らの話す内容が私の想像をはるかに超えていて、私の未熟な好奇心に火を点けてくれたことだ。あのニュートンやアインシュタインといった世紀の科学者の名前を初めて知り、日本のロケット開発に初めて取り組んだ糸川博士や、ナチス・ドイツで V2 と呼ばれたロケット弾を開発し戦後アメリカに

わたり宇宙旅行計画の立て役者となったフォン・ブラウン博士に惹かれ、いっぱしの科学少年気取りになったことを思い出す。おかげで今も科学ファンを自認しスーパーカミオカンデを追っかけている。

　私は、転校生ばかりでなく、鉱山の福利厚生施設での娯楽・文化事業や活動からも大きな影響を受けた。私の実家の近くに「神岡会館」と呼ばれた劇場があり、そこでは日本の映画や外国の映画も上映された。しかも上映時間は一日に３回もあり労働者の家族も楽しめるようになっていた。私は洋画ファンになり、とくにイタリアとフランス映画に熱中した。ソフィア・ローレン、マルチェロ・マストロヤンニ、そしてアラン・ドロンといった映画スターの主演作品に心を躍らせた。もちろんテレビが普及し始めてはいたが、映画館で観る映画には全く別の世界があった。学校の行事に全校映画鑑賞会があり、町内の映画館に学年ごとで出かけていった。その日の下校途中に仲間とともに映画の主人公のモノマネをして、自分があたかもその主人公になったかのような気分を味わった。本当に楽しい思い出である。

　神岡会館では、毎年、鉱山労働者の有志が結成した軽音楽団「神岡マイン・ニュー・アンサンブル」の演奏会が開かれ、私たちにとっても待ち遠しいものだった。この楽団はラテン音楽を得意として、企業の音楽部がその実力を競う産業音楽祭中部大会で13回連続優秀賞受賞の大記録を打ち立て、東京でも公演を行った実力派であった。私がブラジルでサンバのリズムと踊りにすっかり溶け込めたのは、この楽団のすばらしい演奏を聴けたからだと思っている。

　はじめの方で「神岡町は少し違った歩み方をしていた」と書いたが、今振り返ってみると、当時の日本が高度成長期へ歩みだすのに必要な、さまざまな物資の一つの供給源であり、それを動かす人材の集中を見たのが、神岡であったと思う。そしてブラースでも見られたように、経済状況の変化に従って「けれどもそこはもう同じ場所ではなくなっていた」との著者の思いに大変共感した。

訳者あとがき

ブラジルでの9年

北島 衞

　筆者は、2001年、55歳の時に、日本企業のブラジル現地法人の責任者としてサンパウロに赴任し、同地で9年間過ごした。まさに第二の故郷とも言えるサンパウロを思い、思い出を交えながら、ブラジルの可能性と未来を考察する。

　ブラジルは、混血が進んだ国である。多くの人種が混じり合い人種の概念がなくなってしまう。混じり合うことで他者を人種ではなく個人として認め、自らも曖昧になることで異なる人種や文化の垣根を容易に乗り越えていく。曖昧であるがゆえにおおらかな社会、混沌に見えるかもしれないがゆるやかな秩序が存在する。そうして前進する社会。まさに我々が目指す社会の未来像かもしれない。

　ブラジル社会で実感させられたのは我々の先人である日本人移民の功績である。我々が彼らから受けた最大の恩恵は、日本人が誠実・正直・勤勉であることをブラジルの社会に広く浸透させてくれたことである。おかげで、後に続く移民や企業の駐在員は黙っていてもブラジル人から信頼を勝ち得ることができるのである。

　筆者が体験したビジネスマンとしてのブラジルでの奮闘を記してみよう。

　日本にとって資源の大きな依存先の一つが、地球の反対側に位置するラテンアメリカの中心のブラジルである。世界中の国々が資源供給国としてラテンアメリカの国々に進出しており、資源争奪戦が繰り広げられている。ブラジルには同時に大きな国内市場がある。現在、ブラジル国内では経済・雇用・治安・教育等の大きな難問があるが、単なる利益を収奪する対象ではなく、ブラジル人の生活レベルの向上に貢献しようという気持ちがあれば、日本企業には必ず大きなチャンスがある。

　日本企業がブラジルで成功する秘策は、結論から言えば、存在しない。

その証拠に、サンパウロ日本商工会議所の事務局長によれば、ブラジルに進出している企業数は450社あるが、成功と言える成果を挙げている企業はほんのひと握りにすぎないという。進出企業にとって最大の難関は言葉（ポルトガル語）と国の文化・習慣が異なることであるが、ひと握りとはいえ成功した企業は、いずれも日系ブラジル人を幹部に入れている。

　筆者が赴任した2001年当時、ブラジルの経済は不安定であった。筆者は給湯器の現地法人を率いていたが、先行きが見えない状況であった。そこで製品を3分野に分け、1分野が販売不振でも他の2分野で補うという戦略を打ち出した。それは①現地ガス厨房器具メーカー用点火装置、②日本自動車メーカー用燃料閉止部品、③ガス給湯器や厨房製品やオーブントースターである。この「三本足経営」で業績を保った。

　次に実行したのは、給湯器を単に完成品として販売するのでなく、部材として給湯器を使用した「温水システム」を業務用・商用に展開することであった。大型ホテルの温水・シャワー・風呂、温水プールの熱源、スポーツクラブ用温水・シャワー・風呂、ケータリングの大厨房用温水である。温水文化を根づかせることがブラジルの生活レベルの向上に寄与し、本社の利益に資すると考えたのである。当時のブラジルはニクロム線の電気シャワーが主流であり、よく断線するばかりか、温度も上がらず、寒い中でブルブル震えるのが当たり前であった。

　まずはターゲットを富裕層に絞った。「大湯量で温度調節ができて、湯切れがなく、環境に優しい」をキャッチフレーズに、ホームセンター、設置業者、ガス会社やその他流通に展示会を開催、また広告宣伝にも力を入れた。ほどなくして効果が現れた。加えて工場のベテランの給湯器生産経験者を選抜して全土を絶えず巡回させて、サービス網を充実させた。同時にサービス代行店・販売代理店を契約し地方の販売拠点を広げていった。

　社内改善にも目を向けた。品質管理の考え方を浸透するために、日本の5S（整理、整頓、清潔、清掃、しつけ）、QCサークル、ISO-9001認証（品質管理）、ISO14000認証（環境への配慮）の活動を日本と同レベルで行っ

訳者あとがき

た。従業員のモチベーションを上げるために、毎年2～3人を日本で6か月研修させた。顧客を日本に招待し、工場見学や日本観光をさせる。考えられることはすべて行った。売れ筋を増やすために、製品を大容量・高級・普及品・安価別に分類してラインアップを増やした。給湯器のブラジル国内シェアは、当初、6番であったが、2番にそして1番になった。

　売り上げ増は好循環をもたらした。工場稼働率があがり、新設備が導入でき、コストが下がった。結果的に利益が増えて、従業員に還元することができた。消費者・顧客・従業員・会社、すべてに喜びを与えることができた。

　赴任時の55歳の年齢は、ポルトガル語を完全にマスターするには遅すぎたが、ブロークンでもポルトガル語を使い続けた。社内打ち合わせや役員会はポルトガル語で行った。日本語や英語を理解する秘書は採用しなかった。友人はすべてブラジル人、日本語はできるだけ使う機会を避けた。日本人駐在員の親睦の席も断った。自分なりに退路を断ったのである。

　ブラジル人社員を導くために「会社の業績イコール自分自身の幸せ」であるといつも考えた。従業員はいつも経営者の顔を見て仕事をしている。怒っても良いが、追い込みすぎず、彼らに「逃げ道」を与える。従業員が人生の最後に振り返るときに「あの会社で仕事ができてよかった」と言ってもらえるようにする。経営者として働く時間は朝も夜もなかった。会社の各部門に目を配った。製造では、常に現場で従業員が元気で働いているか？　設備は稼働しているか？　管理では経営分析・資金・労組対策はうまくいっているか？　販売では顧客訪問・展示会参加・販促に腐心し、競合会社情報や市場の動きに目を配った。会社内でも顧客との食事会でも、また寝ている間も会社の業績のことばかり考えた。今思えば、ブラジル時代は、壮年時の自分の能力を、全身全霊を込めて遺憾なく発揮できた。

　筆者が自身の経験から後進に伝えたいのは、大きく考えて、行動は緻密にすることだ。また失敗を恐れない。大きな失敗は自分を大きくする。

　以下は、ブラジルでのビジネスに対する、筆者からのささやかな個人的

なアドバイスである。

1. 日本人経営者の退路を断つこと。駐在員を送り出す際に、成功するまで帰国させない無期限制にすれば、真剣になって現地に溶け込み、言葉と文化・習慣を理解して成功のためのアイデアが次々と出てくる。

2. 経営者には人間的に魅力ある人を。ブラジルには終身雇用制はない。優秀な従業員を、恒久的に雇用するのは極めて難しい。従業員は転職するチャンスを常に狙っている。彼らを引き留める方法があるとすれば、魅力のある会社にすることしかない。企業の魅力とは、経営者の人間的魅力にほかならない。

3. 現地スタッフを登用する。日本人は言葉や文化・習慣もわからない、ブラジル人気質を理解していない。現地の人材をどしどし登用する方が良い。経験豊かなコンサルタントを相談役にして、大きな判断の間違いを避ける。

訳者あとがき

監訳者紹介
伊藤 秋仁（いとう あきひと）
1965 年生まれ、京都外国語大学准教授。
主な著作：伊藤秋仁・住田育法・富野幹雄『ブラジル国家の形成——その歴史・民族・政治』（晃洋書房、2015 年、共著）、エドワード・E・テルズ（伊藤秋仁・富野幹雄訳）『ブラジルの人種的不平等——多人種国家における偏見と差別の構造』（世界人権問題叢書、明石書店、2011 年、共訳）

監修者紹介
フェリッペ・モッタ（Felipe Motta）
1985 年ブラジル、サンパウロ市生まれ。サンパウロ総合大学史学科卒業、大阪大学大学院博士課程修了、文学博士（2017 年）。
主な著作：「半田知雄における移民の悩み——ブラジル日系社会史の語りと移民の戦争経験を中心に」『待兼山論叢　日本学篇』第 47 号（2013 年）、「戦前ブラジル移民の記憶と歴史——半田知雄の少年期をめぐる記述から」細川周平編『日系文化論を編み直す——歴史・文芸・接触』（ミネルヴァ書房、2017 年）

移民の町サンパウロの子どもたち

2018 年 3 月 20 日　初版第 1 刷印刷
2018 年 3 月 30 日　初版第 1 刷発行

著　者——ドラウジオ・ヴァレーラ
監訳者——伊藤秋仁
監修者——フェリッペ・モッタ
訳　者——松葉隆／北島衞／神谷加奈子
発行者——楠本耕之
発行所——行路社　Kohro-sha
　　　　　520-0016 大津市比叡平 3-36-21
　　　　　電話 077-529-0149　ファックス 077-529-2885
　　　　　郵便振替　01030-1-16719
装　丁——仁井谷伴子
組　版——鼓動社
印刷・製本——モリモト印刷株式会社

日本語版 ©2018 by Akihito ITO
Printed in Japan
ISBN978-4-87534-392-9 C1098

●行路社の新刊および好評既刊 （価格は税抜き） http://kohrosha-sojinsha.jp

現代に生きるフィヒテ　フィヒテ実践哲学研究　高田 純　A5判 328頁 3300円
■フィヒテの実践哲学の生れくる過程とその理論構造を彼の時代の激動のなかで考察し、その現実的意味を浮き彫りにする。彼がその時代において格闘し、彼の投げかけた諸問題は今こそその輝きを増している。

法の原理　自然法と政治的な法の原理　トマス・ホッブズ／高野清弘 訳　A5判 352頁 3600円
■中世の襞を剥ぎとるがごとく苛烈な政治闘争の時代に、まさに命がけでしかも精緻に数学的手法を積みかさね、新しい時代に見合う新しい人間観を定義し、あるべき秩序、あるべき近代国家の姿を提示する。

カント哲学と現代　疎外・啓蒙・正義・環境・ジェンダー　杉田聡　A5判 352頁 3400円
■カント哲学のほとんどあらゆる面（倫理学、法哲学、美学、目的論、宗教論、歴史論、教育論、人間学等）に論及しつつ、多様な領域にわたり、現代焦眉の問題の多くをあつかう。

記憶の共有をめざして　第二次世界大戦終結70周年を迎えて　川島正樹編
A5判 536頁 4500円　■20世紀以降の歴史研究においてさえ戦争をめぐる事実の確定が困難な中、歴史認識問題等未解決の問題と取り組み、好ましき地球市民社会展望のための学際的研究の成果であるとともに、諸国間での「記憶」の共有を模索する試み。

柏木義円史料集　片野真佐子 編 解説　A5判 464頁 6000円
■激しい時代批判で知られる柏木義円はまた、特に近代天皇制国家によるイデオロギー教育批判においても、他の追随を許さないほどに独自かつ多くの批判的論者をものした。

倫理の大転換　スピノザ思想を梃子として　大津真作　A5判 296頁 3000円
■『エチカ』が提起する問題／神とは無限の自然である／神の認識は人間を幸せにする／精神と身体の断絶／観念とその自由／人間の能力と環境の変革について 他

死か洗礼か　異端審問時代におけるスペイン・ポルトガルからのユダヤ人追放　フリッツ・ハイマン／小岸昭・梅津真訳　A5判上製 216頁 2600円　■スペイン・ポルトガルを追われたユダヤ人（マラーノ）が、その波乱に富む長い歴史をどのように生きぬいたか。その真実像にせまる。

ヒトラーに抗した女たち　その比類なき勇気と良心の記録
M・シャート／田村万里・山本邦子訳　A5判 2500円　■多様な社会階層の中から、これまであまり注目されないできた女性たちをとりあげ、市民として抵抗運動に身をささげたその信念と勇気を。

賽の一振りは断じて偶然を廃することはないだろう　付：フランソワーズ・モレルによる解釈と注　マラルメ／柏倉康夫訳　B4変型 6000円
■最後の作品となった『賽の一振り…』は、文学に全く新たなジャンルを拓くべく、詩句や書物をめぐる長年の考察の末の、マラルメの思索の集大成とも言える。自筆稿や校正への緻密な指示なども収める。

マラルメの火曜会　神話と現実　G.ミラン／柏倉康夫訳
■パリローマ街の質素なアパルトマンで行なわれた伝説的な会合……詩人の魅惑的な言葉、仕草、生気、表情は多くの作家、芸術家をとりこにした。その「芸術と詩の祝祭」へのマラルメからの招待状！

ロルカ『ジプシー歌集』注釈　［原詩付き］　小海永二　A5判 320頁 6000円
■そこには自在に飛翔するインスピレーション、華麗なるメタファーを豊かに孕んで、汲めども尽きぬ原初のポエジーがある。

ラ・ガラテア／パルナソ山への旅　セルバンテス／本田誠二訳・解説
A5判 600頁 5600円　■セルバンテスの処女作『ラ・ガラテア』と、文学批評と文学理論とを融合したユニークな彼にとっての〈文学的遺書〉ともいえる自伝的長詩『パルナソ山への旅』を収録する。

約束の丘　コンチャ・R・ナルバエス／宇野和美訳・小岸昭解説　A5判 184頁 2000円
■スペインを追われたユダヤ人とのあいだで400年間守りぬかれたある約束……時代が狂気と不安へと移りゆくなか、少年たちが示した友情と信頼、愛と勇気。

南米につながる子どもたちと教育　複数文化を「力」に変えていくために　牛田千鶴編
A5判 264頁 2600円　■日本で暮らす移民の子どもたちを取り巻く教育の課題を明らかにするとともに、彼（女）らの母語や母文化が生かされる教育環境とはいかなるものかを探る。

バルセロナ散策　川成洋・坂東省次編　A5判 336頁 3500円
■惨憺たる成功と雄々しき挫折、再生、変身、無限の可能性を秘めた都市（まち）バルセロナ！

「ドン・キホーテ」事典　樋口正義・本田誠二・坂東省次ほか編　A5判上製 436頁 5000円
■『ドン・キホーテ』刊行400年を記念して、シェイクスピアと並び称されるセルバンテスについて、また、近代小説の先駆とされる本書を全体的多角的にとらえ、その世界各国における受容のありようについても考える。

ラテンアメリカの教育改革　牛田千鶴編　A5判 204頁 2100円　■ナショナリズム・「国民」の形成と教育改革／政治的マイノリティをめぐる教育改革／新自由主義下の教育改革／等

棒きれ木馬の騎手たち　M・オソリオ/外村敬子 訳　Ａ5判 168頁 1500円　■不寛容と猜疑と覇権の争い
が全ヨーロッパをおおった十七世紀、〈棒きれ木馬〉の感動が、三十年におよぶ戦争に終わりと平和をもたらした。

グローバル化時代のブラジルの実像と未来　富野幹雄 著　Ａ5判 272頁 2500円
■第1部「過去からの足跡」、第2部「多様性と不平等」、第3部「現下の諸相と将来への息吹き」

ラテンアメリカ銀と近世資本主義　近藤仁之 著　Ａ5判 208頁 2600円
■ラテンアメリカ銀が初期にはスペインを通して、後にはピレネー以北のヨーロッパに流れ、資本蓄積を可能にしたという事実
を広角的な視野から、世界史を包括する広大な論理体系として構築する。

ラテンアメリカの民衆文化　加藤隆浩編　Ａ5判 296頁 2600円　■テレノベラ、ルチャ・リブレ、宗教的祝
祭、癒しの死神、民衆宗教、民族衣装、怪物人種イメージ、サッカー、民衆芸術、タンゴ、食文化、ほか。

シモン・ボリーバル　ラテンアメリカ独立の父　神代修 著　Ａ5判 220頁 2400円
■愛馬を駆って南米大陸を駆け抜けた男。軍人にして政治家、思想家にしてラテンアメリカの解放者。日本における初の評伝！

ラテンアメリカの諸相と展望　南山大学ラテンアメリカ研究センター編訳　Ａ5判 352頁 2800円
■歴史、文化、政治、経済、人種、民族、アイデンティティなど、多面的重層的にラテンアメリカの実像と未来に迫る。

メキシコ　その現在と未来　安原毅,牛田千鶴,加藤隆浩編　Ａ5判 224頁 2400円
■この数十年でめまぐるしい変化を遂げ、グローバル化の中で新たな姿を見せ始めたメキシコは、今政治、経済、文化、芸術、
観光、移民、先住民などあらゆる面から根底的に問い直す時期に入っている。

メキシコの女たちの声　メキシコ・フェミニズム運動資料集　松久玲子編　Ａ5判 508頁 6000円
■メキシコ女性の言説を収集した一次資料を駆使して、メキシコのフェミニズム運動を通時的・共時的に分析し紹介するはじめ

バルン・カナン　九人の神々の住む処　ロサリオ・カステリャノス/田中敬一訳　四六判 336頁 2500円
■20世紀フェミニズム小説の旗手カステリャノスが、インディオと非インディオの確執を中心に、不正や迫害に苦しむ原住民
の姿を透徹したリアリズムで描く。

カネック　あるマヤの男の物語　E.A.ゴメス/金沢かずみ訳・野々口泰代絵　四六判 208頁 1800円
■村は戦争のまっただなか。武装したインディオの雄叫び。カネックの名がこだまする！――現代マヤの一大叙事詩

ピト・ペレスの自堕落な人生　ホセ・ルベン・ロメロ/片倉充造訳・解説　四六判 228頁 2000円
■本国では40版を数える超ロングセラーの名作であり、スペイン語圏・中南米を代表する近代メキシコのピカレスク小説。

ガルシア・ロルカの世界　四六判 288頁 2400円
■木島始,岸田今日子,松永伍一,鼓直,本田誠二,野々山真輝帆,小海永二,小川英晴,原子修,川成洋,佐伯泰英,福田善之,飯野昭夫,ほか

スペイン学　13号　京都セルバンテス懇話会編　Ａ5判 304頁 2000円
■本田誠二,佐竹謙一,吉田彩子,高橋博幸,渡邊万里,浅香武和,坂東省次,片倉充造,川成洋,野包正,船越博,水谷顕一,太田靖子,椎名浩,坂
田幸子,狩野美智子,尾崎明夫,杉山武,保崎典子,橋本和美,長尾直洋,田中聖子,桜井三枝子,松本楚子,大森絢子,安田圭史,ほか

スペイン歴史散歩　多文化多言語社会の明日に向けて　立石博高 著　四六判 160頁 1500円
■NHK講座テキストへの連載エッセイを中心に、スペインを深く知るには欠かせない歴史上の出来事やエピソードを満載。

セルバンテス模範小説集　コルネリア夫人・二人の乙女・イギリスのスペイン娘・寛大な恋人　樋口正義訳
Ａ5判 212頁 2600円　■この4篇をもって模範小説集の全邦訳成る。小品ながら珠玉の輝きを放つ佳品3篇と、地中海を
舞台に繰り広げられる堂々たる中篇と。

ガリシアの歌　上・下巻　ロサリア・デ・カストロ/桑原真夫編・訳　Ａ5判 上208頁・下212頁 各2400円
■ああガリシア、わが燃ゆる火よ…ガリシアの魂。

立ち枯れ/陸に上がった人魚　[イスパニア叢書8巻] A.カソナ/古家久世・藤野雅子訳　四六判 240頁 2200円　■
現代スペインを代表する戯曲作家アレハンドロ・カソナのもっとも多く訳されもっとも多く上演された代表作2篇

アメリカ研究統合化の役割としての「映画」　宮川佳三編　Ａ5判 2400円
■アメリカの映画は政治、経済、人種関係、社会や文化を写し出し、鏡のごとき作用を持っている。

アメリカス学の現在　天理大学アメリカス学会編　Ａ5判 364頁 2100円
■カナダ、米国、中南米諸国が織りなす多軸多様な世界を、歴史、政治、経済、言語、文化、芸術等に光をあてて描き出す。

ドン・キホーテ讃歌　セルバンテス生誕450周年　四六判 264頁 1900円
■清水義範,荻内勝之,佐伯泰英,ハイメ・フェルナンデス,野々山真輝帆,坂東省次,濱田滋郎,川成洋,山崎信三,片倉充造,水落潔ほか

『ドン・キホーテ』を読む　京都外国語大学イスパニア語学科編　Ａ5判 264頁 2200円
■カナヴァジオ、アレジャーノ、フェルナンデス、清水憲男、本田誠二、樋口正義、斎藤文子、山田由美子、世路蛮太郎、他

ふしぎな動物モオ　ホセ・マリア・プラサ/坂東俊枝・吉村有理子訳　四六判 168頁 1600円　■ある種の成長物
語であるとともに、子どもの好奇心に訴えながら「自分っていったい何なんだ」という根源的な問いにもちょっぴり触れる。

スペイン語世界のことばと文化　京都外国語大学イスパニア語学科編　Ａ５判 224頁 2000円 ■
第1部文学の世界　第2部言語の世界　第3部文化と歴史

ドン・キホーテへの誘い　『ドン・キホーテ』のおいしい読み方　古家久世　Ａ５判 184頁 1600円
■すでに読んだ人もこれから読む人にも、ドン・キホーテの心理をもう少し掘り下げながら全体像を楽しくつかんでいただけたらと願い、原作の章を追いながら、物語のハイライトや『ドン・キホーテ』のあれこれをまとめてみた。（「まえがき」より）

スペインと日本　ザビエルから日西交流の新時代へ　坂東省次・川成洋編　Ａ５判 360頁 3000円　■逢坂剛,三浦朱門,柏倉康夫,外山幹夫,澤田直,竹井成美,遠藤順子,小岸昭,松永伍一,鈴木建三,田澤耕,渡部哲郎,伊高浩昭,古川薫他

スペインの女性群像　その生の軌跡　高橋博幸・加藤隆浩編　Ａ５判 352頁 2800円
■中世から現代までスペイン史を力強くまた華麗に彩る女性たちを、時代と社会におけるその赤裸々な生とともに描ききる。

ラテンアメリカの諸相と展望　南山大学ラテンアメリカ研究センター編訳　Ａ５判 352頁 2800円
■歴史、文化、政治、経済、人種、民族、アイデンティティなど、多面的重層的にラテンアメリカの実像と未来に迫る。

シモン・ボリーバル　ラテンアメリカ独立の父　神代修著　Ａ５判 220頁 2400円
■愛馬を駆って南米大陸を駆け抜けた男。軍人にして政治家、思想家にしてラテンアメリカの解放者。日本における初の評伝！

メキシコ近代公教育におけるジェンダー・ポリティクス　松久玲子　Ａ５判 304頁 3000円
■ディアス時代の教育と女性たち／革命動乱期の教育運動とフェミニズム／ユカタン州フェミニズム会議と女子教育／1920年代の優生学とフェミニズム運動／ユカタンの実験と反動／母性主義と女子職業教育／社会主義と教育とジェンダー、ほか

吹き抜ける風　スペインと日本、ちょっと比較文化論　木下登　四六判 168頁 1500円
■人と街と芸術と／レストランからのぞいたスペイン社会／ある思想家：ホセ・オルテガ・イ・ガセット／ある歴史家：アメリコ・カストロ／ある哲学者：ハビエル・スビリ／スペインの豊かさとは／ほか

地球時代の「ソフトパワー」　内発力と平和のための知恵　浅香幸枝編Ａ５　判 366頁 2800円
■ニューパラダイムの形成／地球社会の枠組み形勢／共通の文化圏の連帯／ソフトパワーとソフトなパワーの諸相／ソフトなパワーとしての日系人／大使との交流、他

初　夜　の　歌　ギュンター詩集　小川泰生訳　Ｂ４判変型 208頁 4000円
■生誕300年を迎えて、バロック抒情詩の夭折の詩人ギュンター（1695-1723）の本邦初の本格的紹介。

私　Ich　ヴォルフガング・ヒルビヒ／内藤道雄訳　四六判 456頁 3400円
■ベルリンという大年増のスカートの下、狂った時計の中から全く新しい「私」の物語が生れる。現代ドイツ文学の最大の収穫！

アジアのバニーゼ姫　Ｈ・Ａ・ツィーグラー／白崎嘉昭訳　Ａ５判 556頁 6000円
■新しい文学の可能性を示す波瀾万丈、血沸き肉躍るとしか形容しようのない、アジアを舞台にしたバロック「宮廷歴史小説」

テクストの詩学　ジャン・ミィー／上西妙子訳　Ａ５判 372頁 3500円
■文学が知と技によるものであることを知る時、読者は、文学的エクリチュールの考察、すなわち詩学の戸口に立っている。

若き日のアンドレ・マルロー　盗掘、革命、そして作家へ　柏倉康夫　四六判 240頁 1900円
■「征服」から始まった西と東の関係は協調と連帯へ発展するのか、また二つの文化とどう交るのかは彼の生涯テーマであった。

現代スイス文学三人集　白崎嘉昭・新本史斉訳　四六判 280頁 2800円
■二〇世紀スイス文学を代表するヴァルザー『白雪姫』ブルクハルト『鹿狩り』『こびと』フリッシュ『学校版ウィリアム・テル』

ネストロイ喜劇集　ウィーン民衆劇研究会編・訳　Ａ５判 692頁 6000円
■その生涯で83篇もの戯曲を書いて、19世紀前半のウィーンの舞台を席巻したヨーハン・ネストロイの紹介と研究

宮沢賢治　銀河鉄道と光のふぁんたじあ　大石加奈子　四六判 168頁 1800円
■『銀河鉄道の夜』に潜む意外な科学性を明らかにするとともに、まったく新しい視点からファンタジックに分け入る独創。

みんな、同じ屋根の下　サンセット老人ホームの愉快な仲間たち　R.ライト／堀川徹志訳　四六判 240頁 1800円
■「…老人たちの記憶や妄想が縦横無尽に交錯する世界、その豊かさゆえに日々がいつもドラマチックでおかしい」（朝日新聞）

三次元の人間　生成の思想を語る　作田啓一　四六判 222頁 2000円
■遠く、内奥へ——学問はどこまで生の実感をとらえうるか。超越と溶解の原理をもとに人間存在の謎に迫る作田人間学。

創造の意味　ベルジャーエフ／青山太郎訳　四六判 568頁 4500円
■「この書物は私の疾風怒涛の時代にできたものである。これはまた、比類のない創造的直感のもとで書き下されたものだ」

共産主義とキリスト教　ベルジャーエフ／峠尚武訳　四六判 352頁 4000円
■「キリスト教の価値……」「キリスト教と階級闘争」「ロシア人の宗教心理……」など、彼の〈反時代的考察〉7本を収録。

新たな宗教意識と社会性　ベルジャーエフ／青山太郎訳　四六判 408頁 4000円
■ペテルブルグ時代の本書は、宗教的アナーキズムへの傾向を示す。「しかし私の内部では、あるひそかな過程が遂行されていた」